AF220476

Das Gayschenk

Du bist der Mittelpunkt meines Gedankenuniversums...
... die Sonne in meinem Kopf.

Impressum

Bibliografische Information der Deutschen Nationalbibliothek:

Die Deutsche Nationalbibliothek verzeichnet diese Publikation in der Deutschen Nationalbibliografie; detaillierte Daten sind im Internet über https://www.dnb.de abrufbar.

Herstellung und Verlag:

BoD – Books on Demand, Norderstedt

ISBN:

978-3-75573-471-0

Cover:

Foto ©2021 by BvN

Haftungsausschluss:

Für die Nachahmung, der im Buch erwähnten Handlungen wird keine Haftung übernommen. Zu Risiken und Nebenwirkungen fragen Sie den Arzt (m/w/d) Ihres Vertrauens. Ähnlichkeiten mit lebenden oder bereits verstorbenen Personen sind rein zufällig und nicht beabsichtigt. Orte sind erfunden. Darüber hinaus: SAFTY FIRST!

Ein gayles Gayschenk zum Gayburtstag

Jetzt geht's los

So, jetzt noch schnell den leeren Kaffeepott in die Spülmaschine stellen und dann kann ich mich langsam fertig machen.
Jetzt hab ich heute schon frei und dann muss ich so früh aufstehen. Ich hoffe mal, dass sich der Tag auch lohnt... Auf der einen Seite freue ich mich natürlich schon seit Tagen darauf, aber auf der anderen Seite, wenn man ein Überraschungspaket bekommt und nicht weiß, was auf einem zukommt... Wir werden sehen...

Im Flur bleibe ich noch einmal kurz vor meinem „Reisegepäck" stehen. Zwei Taschen. Check. Bademantel, Badelatschen, ein großes Handtuch, ein kleines Handtuch, zwei Flaschen Wasser, Duschgel. Check. Ein Buch, MP3-Player, Sonnenbrille (man weiß ja nie...???), Badeshorts und Badehose. Check. Das sollte es eigentlich gewesen sein. Geldbeutel habe ich. Check. Handy habe ich. Check. Navi ist im Auto. Check. WICHTIG: Geschenkgutschein habe ich!!! Doppelcheck. Das wäre ja peinlich, wenn ich dort ankomme und den Gutschein nicht dabei hätte... Dann kann's ja jetzt losgehen. Im Zeitplan liege ich auch noch. Perfekt. Also, los jetzt!

Ich habe meine beiden Taschen in den Händen und ziehe gerade die Wohnungstür hinter mir zu, als mir schon ein Schwall Geplapper entgegen strömt. Wo kommen denn auf einmal all diese Leute her? Alle schleppen sie Umzugskartons... Ah, dann wird wohl die Wohnung bei mir im dritten Stock endlich vermietete worden sein. Ist total an mir vorüber gegangen. Naja, da bin ich mal gespannt, wie die neuen Nachbarn so sind. Ich gehe mal stark davon aus, dass man sich in nächster Zeit mal über den Weg laufen wird. Zwangsweise. Dann ist es wohl nun vorbei mit der Ruhe und Idylle hier im dritten Stock. Ich habe das ja bisher immer genossen, dass ich alleine hier oben im letzten Stock des Hauses wohne. Ruhe. Klar, es sind drei Stockwerke. Anzahl der Stufen??? Ich wusste das mal, denn ich habe sie ja regelmäßig gezählt, wenn ich sie hoch gelaufen bin. Jedes Mal übrigens in einer anderen Sprache. Also einmal habe ich die Stufen auf Englisch gezählt, dann auf Deutsch, dann auf Spanisch, dann soweit ich zählen kann auf Französisch und seit dem ich eine Kollegin aus Italien habe, sogar auf Italienisch... Mache ich um fit zu bleiben... Aber jetzt nix wie nach unten, gegen den Strom von hilfsbereiten Arbeiter-Umzugs-Bienen (m/w/d), die hier die Kartons und Möbel anfangen herumzuschleppen.

Wow, die paar Parkplätze vor dem Haus sind auch schon alle zugeparkt und aus jedem Auto scheinen noch mehr fleißige Bienchen zu kommen, die alle tatkräftig hier anpacken. Plus einem Kastenwagen. Plus einem kleinen Umzugs-Lkw. Sprich, es ist eine sehr gute Entscheidung, dass ich heute meinen Gutschein vom Geburtstag einlösen muss, denn somit kann ich dem ganzen Gewusel und Umzugsstress, der sich vor meiner Wohnungstür abspielt einfach entgehen. Und wenn ich zurück komme, dann werden hoffentlich auch alle wieder von hier verschwunden sein, so dass mich dann eine harmonische Ruhe erwartet...

Södele, Taschen im Kofferraum. Alles verstaut. Eine Flasche Wasser in Reichweite, falls ich in einen Stau kommen sollte. Anschnallen. Navi programmieren. Fertig. Jetzt geht's endlich los. Hurra!!! Schlüssel herumgedreht und losgefahren... Tschüüüüüß, bis heute Abend!!!

Day-SPA freue Dich, Andre ante portas!!!

Wie es dazu kam

Ok, hier ein kleiner Rückblick, warum ich jetzt gerade auf dem Weg ins Day-SPA bin...

Was war das für eine Geheimniskrämerei, die meine Clique seit Wochen veranstaltet hat. Wenn man sich getroffen hat, kam irgendwann wieder der Punkt, wenn getuschelt wurde... Ich wollte helfen abräumen und bin in die Küche – Getuschel... Ich kam vom Klo zurück ins Wohnzimmer – Getuschel... Ich kam mal als Letzter (was aber in der Regel eigentlich nie vorkommt) – Getuschel... Und das wohl alles wegen meinem vierz... ähm... 29sten Geburtstag.

Ich habe ja grundsätzlich überhaupt nichts gegen eine solche Geheimniskrämerei – wenn ich mitmache... Aber diesmal war ich eben auf der anderen Seite und das hat mich „gefuxxt" und „narrisch" gemacht... Ist doch auch verständlich oder??? Da tuscheln die besten Kumpels (m/w/d) hinter Deinem Rücken und sobald Du den Saal betrittst ist alles muxmäuschen still... und das macht mich innerlich dann so richtig fuchsteufelswild...

Naja, irgendwann war es dann so weit und mein Geburtstag stand vor der Tür. Ich habe meine Clique eingeladen um dieses Fest ein bisschen gebührend zu feiern. Und siehe da, sie kamen alle. Sicherlich wollten Sie alle wissen, wie ich auf das Geschenk reagiere... Deshalb haben sie es wohl auch so spannend gemacht und mir dies erst nach dem Dessert überreicht... Da stehst Du fast den ganzen Tag in der Küche und machst und richtest und dekorierst den Tisch und putzt die Wohnung und was weiß ich noch alles... und dann fallen sie ein wie die Wilden und machen sich breit, lassen sich von Dir bedienen und verköstigen und dann rücken sie das Geschenk nicht raus. Furchtbar! Wie kann man nur soooo grausam sein??? Aber letztlich, als ich dann aus der Küche zurückkam, standen auf einmal Gläser mit Sekt auf dem Tisch. Es waren nicht meine Gläser und wo der Sekt herkam, weiß ich auch nicht. Aber gut. Und kaum hatte ich mich hingesetzt, da wurden die Gläser erhoben und die Mannschaft trällerte ein „Happy Birthday" in den schrägsten Tönen. Glücklicherweise habe ich keine Katzen und keinen Hund... Und zu dem Zeitpunkt auch noch keine Nachbarn. Sonst wäre wohl noch die Polizei auf der Matte gestanden... Und mit einem Fingertrommelwirbel wurde mir dann feierlich das Geschenk präsentiert... Zum Glück hatte ich schon Alkohol intus, was aber auch gefährlich ist, wenn dann die Zunge schon gelockert ist... Nun ja, man legte vor mir auf den Platz ein Päckchen... Wobei es die Bezeichnung Päckchen eigentlich nicht trifft, denn es war eher ein Päckchenchenchenchen... und hatte die Größe einer Streichholzschachtel... Hier ist mir wohl die Kinnlade auf den Schoß gefallen... Vorsichtig habe ich das Geschenk ausgepackt... Hier kam nun meine (kleine) Rache, denn ich habe das Papier fein säuberlich aufgefaltet und nicht einfach aufgerissen. Und siehe da: es ist eine Streichholzschachtel. Wie originell. Nun gut, weiter im Programm... Ich hab das Schächtelchen geschüttelt... Schon mal keine Streichhölzer, dachte ich... Also dann vorsichtig aufschieben... Siehe da, ein zwanzig tausendfach zusammen-gefaltetes Stück Papier... Ja, schon gut, ich weiß, dass man ein Stück Papier nicht so oft falten kann... Ganz genüsslich habe ich es dann aus dem kleinen Schächtelchen geholt und ebenfalls aufgefaltet... Klar, hätte ich das Teil schnellstmöglich aufmachen und sehen wollen, was es ist, aber jetzt müssen sie alle auf meinen Gesichtsausdruck noch ein bisschen warten... Das haben sie jetzt davon... Ok, noch einmal auffalten und dann haben wir es...

Gutschein... aha...

Ich: Gutschein für einen Tag im Day-SPA mit allem drum und dran...

Bernhard: Day-SPA???

Martin: Jahaaaa, Day-SPA, weißt Du doch...

Bernhard: Ja, klar... hatte ich nicht mehr dran gedacht...

Ich: Einzulösen am kommenden Freitag... Wie, jetzt am Freitag???

Martin: Ja, Du hattest ja gesagt, dass Du da frei hast und da gab ′s auch noch Termine und daher gleich Nägel mit Köpfen...

Ok, die Mannschaft schickt mich also in ein Day-SPA. Sehr schön. Da bin ich ja mal gespannt... Und ja, ich hatte letzte Woche Geburtstag... Danke, Danke, Danke...

Ich: Vielen, vielen Dank!

Martin: Wir hoffen, dass es Dir dort gefällt...

Ich: Sicherlich...

Bernhard: Ja, Programm ist ja schon gebucht...

Ich: Wie?

Katja: Ja, wir haben für Dich den super-verwöhn-Tag gebucht bzw. zusammengestellt...

Ich: Wow!!!

Bernhard: Und wir erwarten Bericht.

Frank: Da könnte man jetzt schon neidisch werden, wisst ihr das?

Rainer: Definitiv. Auf jeden Fall.

Naja, auf jeden Fall ist die ganze Bagasch dann irgendwann abgezogen und ich nach dem Tag total fertig ins Bett gefallen... Ein Tag Day-SPA... Naja, dann lass ich mich da mal ein bisschen durchkneten und überraschen, was es sonst noch alles gibt...

Laut meinem Navi ist es circa eine Stunde Fahrtzeit. Um 10 Uhr machen Sie auf, von daher liege ich ja noch gut in der Zeit. Und wenn die Straßen so frei sind, wie jetzt, dann passt das und gibt eine Just-in-Time-Geschichte...

Willkommen im Gay-SPA

Naja, schon seltsam... Ich kurve hier nun durch ein Industriegebiet am Ar_ _ _ der Welt... Und hier soll ein Day-SPA sein? Nun gut, zumindest ist die Lage ruhig.

Navi: In 500 Metern – Sie haben Ihren Bestimmungsort erreicht.

Ich: Ok, wenn Du das sagst.

Seltsam, wirklich sehr seltsam, denn dort vorne – am Ende dieser Sackgassenstraße gibt es nur noch ein Gebäude, das ausschaut, wie eine Lagerhalle... Nun ja, dann parke ich mal und dann lauf ich da mal hin. Zumindest stehen schon ein paar Autos da, also kann ich zur Not jemanden Fragen...

Auto geparkt, Taschen aus dem Kofferraum geholt, dann schauen wir jetzt mal... Also, ich lauf so auf das Gebäude zu und denk noch, da ist die Clique bestimmt auf so eine Fake-Seite im Internet hereingefallen und das ist eine Briefkastenfirma... Hä??? Auf dem Klingelschild neben der Tür steht folgendes: Gay-SPA... Bitte was??? Die haben mir einen Tag in einem Gay-SPA geschenkt??? Okay, okay, okay... vielleicht kurz zur Erklärung: ja, ich bin schwul, vierz... 29 und seit geraumer Zeit Single... Diese Schweinepriester... Na warte, ihr kommt auch mal wieder an die Reihe... Aber was soll´s, da muss ich jetzt wohl durch. Die Alternative wäre kneifen, aber den Gefallen tue ich ihnen nicht... Also klingeln... Der Türöffner summt und ich ziehe die Tür auf... Hmmm... Es ist ein Wartebereich mit einer kleinen Theke... Sieht jetzt nicht gerade einladend aus... Hinter dem Tresen sitzt ein junger Mann und strahlt mich an... Na dann woll'n wir mal...

Ich: Hallo, ich...

Er: Hallo. Sie sind sicherlich Andre. Sie haben um 10 Uhr einen Termin für den Ganztages-SPA...

Ich: Richtig, ich habe hier meinen...

Er: Ach, den Gutschein brauche ich nicht... das passt schon so... Ich habe hier noch einen kleinen Fragebogen – muss leider sein – und dann auch noch einen Bogen wegen Datenschutz – muss leider auch sein. Beides bitte kurz ausfüllen und dann kann's auch schon losgehen.

Der junge Mann reicht mir ein Klemmbrett und einen Stift und zeigt auf die beiden Sessel hin, die schräg gegenüber stehen... Also lasse ich mich dort erst einmal nieder und fülle das ganze aus...
Allergien - Nein... frische Tattoos oder Piercings – Nein... Herzprobleme – Nein... Medikamente – Nein... Was die alles wissen wollen... Datenschutz... Blah blah blah... Kennt man ja mittlerweile von fast allen Bereichen, das man den Wisch ausfüllen muss... Gut, ich bin durch, also packe ich wieder meine Taschen und gehe auf den Tresen zu, wo ich den Papierkram abgebe.

Er: Sie sind das erste Mal hier... Also ich zeige Ihnen jetzt den Weg zu den Umkleidekabinen, dort haben Sie auch die Möglichkeit Ihre Sachen einzuschließen. Badepantoletten und Bademantel liegen bzw. stehen für Sie dort auch bereit. Wasserspender befinden sich im ganzen SPA verteilt... Ein

Mittagssnack wurde bereits mit gebucht im Paket... Ich habe hier noch Ihren Plan...

Ich: Plan?

Er: Für Sie wurden bereits einige Anwendungen gebucht... Die Zeit dazwischen steht Ihnen im SPA zur freien Verfügung... Sollten Sie Fragen haben, können Sie jederzeit einen der Mitarbeiter hier ansprechen... Hier geht es zu den Umkleidekabinen...

Und schon eilt er voraus und hält mir die Tür auf, damit ich ihm folgen kann...

Umkleidekabine...

Er: Wenn Sie soweit sind, einfach durch diese Tür durch und gerade aus weiter... Ich glaube, Sie fangen in 15 Minuten mit Yoga an... Viele Spaß!!!

Ich: Yoga???
Na gut, dann wollen wir mal... Also es gibt schon einige Spinde hier... Was ist das??? Hinweisschild:

„Lieber Gast, bitte beachte folgende Regeln während Deines Aufenthalts hier im Gay-SPA: Kein Sex an öffentlichen Plätzen. Kein Betatschen und Begrabschen anderer Gäste. Ein Nein ist ein Nein. Der gesamte Bereich ist textilfrei."

Was? Der gesamte Bereich ist textilfrei? Nun, er hat ja vorhin etwas von Bademantel erwähnt... Na, dann wollen wir mal... Also zieh ich mich halt mal aus, schließe meine Sachen ein und dann auf zum Yoga...

Mit dem gestellten Bademantel und den Badelatschen bekleidet verlasse ich die Umkleide. Den Plan, den er mir in die Hand gedrückt hat, habe ich in die Tasche des Bademantels gesteckt... Puuh, hier ist gut geheizt... naja, wenn hier textilfreier Bereich ist... Wow, wow, wow... hier kommt mir schon der erste Gast entgegen... Splitterfasernackt, das Handtuch locker um den Hals gelegt... Wahrscheinlich habe ich ihn angestarrt, wie wenn er von einem anderen Stern wäre... Ich komme vorbei an einer Glasscheibe... Fitnessbereich... Ich fass´ es nicht: die trainieren alle nackt!!! Ich glaub ich kann meinen Augen nicht trauen... Da ist ein Kerl am Latzug und zieht die Stange nach unten und man sieht die Muskeln und Schulterblätter und Muckies und durch seinen Schritt kann man auch seinen Schwanz sehen... Scheiße, ich glaube, bei mir regt sich etwas...

Mann: Andre???

Was, ich???

Ich: Ja...

Mein Yoga-Guru steht auf dem Gang... Er hat zumindest einen Lendenschurz um...

Yoga-Guru: Bitte, hier geht's zum Yoga...

Er deutet in einen Raum.

Ich: Ja, danke...

Ich laufe auf ihn zu und biege dann in den Raum. Dort befinden sich zum meiner Verwunderung schon zwei Männer. Nackig. Auch hier im Raum ist es gut warm...

Yoga-Guru: So, dann lasst uns mal anfangen. Ihr seid alles Beginner, was Yoga betrifft.

Nicken.

Yoga-Guru: Ok, dann legt mal bitte jeder sein Handtuch auf die Matten. Andre, Du müsstest auch noch Deinen Bademantel ausziehen, denn mit werden die Übungen ein bisschen schwierig.

Also ziehe ich meinen Bademantel aus und stehe nun wie die beiden anderen Männer nackig da. Ich komme leider nicht umher auch mal zu den beiden Kollegen rüber zu schauen... Wow... Der eine ist ein durchtrainierter Typ mit ordentlich Muckies und einem stahlharten Körper. Von seinem Schwanz und dem Rest, der dort unten baumelt... Wow, wow, wow... Verdammte Scheiße, ich glaub mein Schwanz beginnt schon mal mit dem Sonnengruß... Kollege Nummer zwei ist eher ein Typ Modell Durchschnitt... Normaler Körperbau, durchschnittlicher Schwanz, leichter Bierbauchansatz, behaarte Brust,...

Yoga-Guru: So, dann beginnen wir mal mit der Brücke.

Brücke???

Yoga-Guru: Wir legen uns mit dem Rücken auf die Matte. Die Beine angewinkelt. Dann drücken wir das Becken nach oben. Bauchnabel zum Rücken ziehen... Atmen nicht vergessen...

Meine Fresse... ich liege hier nackt auf dem Boden, umringt von nackten Männern, recke mein Becken in die Höhe, so dass mich mein Schwanz anschaut und meine Eier mir entgegen kullern würden, wenn sie der Sack nicht halten würde. Atmen soll ich auch nicht vergessen... Wieder muss ich nach links und rechts spicken...

Yoga-Guru: Und wir senken das Becken wieder langsam ab. Atmen nicht vergessen. Beim nächsten Mal kneifen wir dann noch die Pobacken zusammen...

Ich soll was???

Yoga-Guru: Und wir heben wieder das Becken nach oben... Gut so... Pobacken zusammenkneifen...

Das ist schon irgendwie komisch. Da liegen drei nackte Männer auf Matten und strecken ihr Becken in die Höhe und kneifen die Arschbacken zusammen und vorne steht der Yoga-Guru, der nur einen Lendenschurz an hat, der eigentlich ziemlich deutlich zeigt, was das Stückchen Stoff verbirgt... Und die Männer machen auch noch mit – also ich auch...

Yoga-Guru: Und wieder langsam absetzen. Pobacken entspannen. Atmen nicht vergessen...

Ich soll meine Pobacken entspannen??? Ok, wenn er das sagt... Mich würde mal interessieren, ob die anderen beiden freiwillig hier sind oder ob die das auch geschenkt bekommen haben. Ich habe ja noch nicht einmal gewusst, dass es so etwas überhaupt gibt und dann...

Yoga-Guru: Und ein weiteres Mal das Becken nach oben und die Pobacken anspannen.. Versucht mal, mit den Füßen fest gegen den Boden zu drücken... Ja, das sieht gut aus...

Na, Hauptsache die Optik stimmt... Ich meine, der Guru blickt auf drei Nackte herab, die ihm das Becken entgegenstrecken und ihm die Schwänze präsentieren... Natürlich sieht das gut aus... Und vor allem, wenn da noch Mister Mucki dabei ist...

Yoga-Guru: So, dann langsam wieder absetzen... Wir atmen tief und ruhig einige Atemzüge in den Unterbauch... und dann gehen wir zur nächsten Übung weiter... Dazu wechseln wir dann in den Vierfüßler-Stand...

Ok, dann erst mal aufstehen und auf alle Viere... Supi, jetzt knien wir alle mit dem Gesicht zur Mitte und schauen dem Yoga-Guru zu, wie er die Übung vormacht...

Yoga-Guru: Als nächstes kommt Pferderücken und Katzenbuckel... Die Beine sind etwa schulterbreit auseinander... Wir stützen uns mit den Armen ab... Wir gehen in ein Hohlkreuz... Dabei geht der Kopf nach hinten... aber nicht überstrecken... dann senken wir den Kopf nach vorne und aus dem Hohlkreuz gehen wir in den Katzenbuckel...

Ok, man könnte dies auch anders beschreiben: Stell Dir vor, Du wirst von hinten genommen... Du gehst also auf alle Viere... Ich stell mir gerade vor, wenn jetzt einer an der Glastür vorbeiläuft und ich dem meinen Hintern entgegenstrecke... oder mir einer von hinten plötzlich auf den Hintern einen Klapps geben würde... oder womöglich zwischen die Beine greifen und meine Glocken mit samt Klöppel läuten lassen würde... F_ _ _!!! Ich muss dringend an etwas anderes denken, denn zwischen meinen Beinen tut sich wieder etwas... Mein Schwanz beteiligt sich aktiv an den Übungen... Sorry, aber ich muss wieder mal nach rechts und links spannen... Verdammt... Bei Mister Mucki baumelt alles fröhlich vor sich hin... und auch bei Mister Durchschnitt wird der Schwanz und sein Sack von der Erdanziehungskraft nach unten gezogen... Vielleicht...

Yoga-Guru: Wir machen einen kurze Pause und dann wiederholen wir diese Übung nochmals... Sieben Mal in den Pferderücken und sieben Mal in den Katzenbuckel...

Das Ganze nochmal? Naja, er ist der Guru. Er wird's schon wissen...

Yoga-Guru: Sehr schön... noch drei... noch zwei... noch eins... und entspannen... Als nächstes machen wir die Übung Namaskarasana...

Nama-Was??? Nun gut, ich muss das ja hoffentlich nicht lernen, wie die Übungen heißen...

Yoga-Guru: ...dazu stehen wir kurz auf... unser Stand ist schulterbreit... die Füße zeigen leicht nach außen... Jetzt gehen wir in die Hocke... Wir bringen die Arme vor den Körper und bringen unsere Hände in Gebetshaltung. Die Ellenbogen berühren dabei die Knie... Unsere Unterarme sind parallel zum Boden... Atmen nicht vergessen...

Ok, bei ihm sieht das noch anständig aus, da er je einen kleinen Lendenschurz hat, aber wenn ich splitterfasernackt in die Hocke gehe, die Knie nach außen drehe und dann meine Hände vor den Oberkörper bringe, dann hängt meine Männlichkeit kurz vor dem Boden... Auch du meine Güte, bei Mister Durchschnitt liegt der Schwanz sogar auf dem Handtuch auf, da er soweit nach unten gehen kann...

Yoga-Guru: ...tief und ruhig weiteratmen und dabei den Beckenboden entspannen...

Ich soll meinen Beckenboden entspannen... na, wenn das mal gut geht... ich hoffe bloß nicht, dass ich jetzt gleich einen fahren lassen muss... das wäre so was von ober-peinlich!!!... Ach herrje, bei Mister Muckie hängt was zwischen den Beinen...

Yoga-Guru: Wir lösen diese Position langsam auf und stehen auf... Langsam aufrichten, wegen dem Kreislauf... vielleicht einmal kurz ausschütteln... Arme und Beine... Vielleicht auch kurz einmal die Schultern kreisen... und dann gehen wir zur nächsten Übung: Urdhva Upavishta Konasana.

Ok, Namen sind wie Schall und Rauch... Egal, wie das Ding heißt... her damit...

Yoga-Guru: Wir setzen uns auf den Boden... strecken die Beine nach oben und greifen mit den Händen nach unseren Füßen und halten diese Position...

F_ _ _! Ich soll bitte was machen??? Wahrscheinlich ist mir in diesem Moment mal wieder die Kinnlade abgestürzt... Ich schaue den Guru an, in welch einer eleganten Pose er auf seiner Matte sitzt, die Beine seitlich in die Höhe streckt und mit den Händen seine Füße umgreift... Spätestens jetzt, versagt der Lendenschurz seinen Blickschutz und gibt den Blick auf den Schwanz des Guru 's und alles das sonst noch in dem Bereich hängt, frei... Mein lieber Herr Gesangsverein...

Yoga-Guru: Bitte meine Herren...

Ok, dann wollen wir mal... also, erst mal auf den Boden setzen... Beine seitlich nach oben und mit den Händen... leck mich, ist das anstrengend... Ich glaube fast, dass der Guru so ein kleiner Spanner ist, denn er schaut gerade reihum unsere künstlerischen Interpretationen der Übung an... vor allem aber streckt ihm jeder wieder seine Männlichkeit entgegen... was ist das denn? Mister Durchschnitt hat einen Halbsteifen... Jetzt nicht lachen, Andre, denn das kann Dir auch noch passieren... Ok, ich starre auf den Lendeschurz des Guru's... also wegen dem würde ich auch mit Yoga anfangen... Klischee erfüllt...

Yoga-Guru: Gut, dann lösen wir langsam und stehen auf...

Sehr schön, wenn das noch ein paar Minuten so weitergegangen wäre, wer weiß, was noch alles passiert wäre...

Yoga-Guru: Kommen wir dann zur letzten Übung für die heutige Schnupperstunde...

Sehr schön... :-)

Yoga-Guru: So, zum Abschluss machen wir jetzt noch den allgemein hin bekannten Baum, der auch oftmals fälschlicherweise mit dem Sonnengruß bezeichnet wird. Wir stellen uns dazu auf, verlagern das Gewicht auf ein Bein und bringen den Fuß des anderen Beins zur Oberschenkelinnenseite des Standbeins, so dass sich ein Dreieck bildet... Die Arme führen wir nach oben vor den Körper und und bringen unsere Hände vor der Brust in Gebetshaltung... Atmen nicht vergessen... und halten...

Relativ einfach... Ich muss leider schon wieder mal meinen Blick schweifen la... Scheiße, wie geil ist das denn... Mister Mucki hat einen Steifen... Oder sagt man jetzt eher, sein Ast ragt in die Höhe und die Äpfel hängen am Baum??? Spaß... Und was für ein Ast das ist... ihm hat es sogar schon die Vorhaut hinter die Eichel geschoben... Ist das ein Anblick... F_ _ _! Mein Ast beginnt gerade ebenfalls sich aufzurichten... Naja, peinlich muss mir das jetzt wohl nicht sein... Leck! Auch bei Mister Durchschnitt wächst und gedeiht alles... Meine Güte, der wird aber auf einmal rot...

Yoga-Guru: So, dann wechseln wir noch einmal die Seiten...

Puuh, wird mir auf einmal warm... wenn ich noch ein T-Shirt an hätte, würde spätestens jetzt der Schweißfleck unter den Achseln zu sehen sein... Die Äste von den beiden stehen ja immer noch...

Huch, der Ast von Mister Durchschnitt hat wohl gerade nochmals einen Wachstumsschub bekommen... Seine Eichel ist noch halb bedeckt von der Vorhaut... Ui, seine Hodensack ist schon straff... Gut, nun ist es soweit, mein Ast ist nun auch voll ausgeschlagen... Meine Eichel zeigt direkt auf den Guru...

Yoga-Guru: Das war´s... ich bedanke mich für Euer kommen und für´s mitmachen und wünsche Euch noch einen schönen Tag...

Ok, dann erstmal Bademantel überwerfen... Kram, kram, wo ist denn mein Zettel... aha: als nächstes Maniküre / Pediküre... aber jetzt muss ich erst mal etwas trinken... Was hat er vorhin gesagt: Wasserspender stehen „überall"? Na dann schauen wir mal, wo „überall" ist...

Also nach den Umkleidekabinen habe ich einen Wasserspender gesehen. Dann geht's eben das kurze Stück zurück, vorbei am Fitnessbereich... Wieder werfe ich einen flüchtigen Zeitlupe-artigen Blick durch die Glasscheibe... Ein Blick auf die Uhr und ein Blick auf meinen Zeitplan... Warum also nicht kurz in den Fitnessbereich und etwas für die Muckies tun??? Gesagt, getan und so stehe ich nun hier – nur mit einem Bademantel bekleidet - im Fitnessbereich des Gay-SPA. Ok, hier an der Seite steht ein Regal, wo man seine Sachen ablegen kann – auch den Bademantel... Dann werde ich mich mal dessen entledigen, damit ich nicht so sehr auffalle, wenn ich mich hier jetzt sportlich betätige... Jetzt sollte ich mir vielleicht erst einmal einen Überblick verschaffen, wo was ist... Fahrräder und Laufband sind hier... Aha, der Kerl auf dem Laufband hat Sportschuhe dabei, somit kombiniere ich, dass er nicht das erste Mal hier ist und das wusste... Das wirkt ja fast schon hypnotisierend, wenn man einem nackten Mann beim Laufen auf seinen Penis starrt... Das Glied schwingt nach links, rechts, links, rechts, rechts, nach oben, baumelt wild herum... Wenn Du mit einem Steifen laufen würdest, dann sehe das wohl aus, wie Lanzenreiten...??? Und dort ist ein Gestänge an der Wand mit Bändern und Gurten... und der, der dort gerade in den Gurten-hängend Liegestütze macht, ist sich hoffentlich bewusst, dass jedes Mal, wenn er nach vorne geht, die Erdanziehungskraft aktiv-passiv sein Glied samt Hodensack nach unten zieht und baumeln lässt... Und wenn er sich aus dem tiefen Liegestütz wieder nach oben drückt entweicht ihm ein angestrengtes Stöhnen... Als ich meinen Blick durch den Fitnessbereich schweifen lasse, bleibt er nach wenigen Momenten bei dem Mann an der Hantelbank hängen... Meine Güte... Der Mann liegt nackt – wie könnte es auch anders sein – auf der Hantelbank und drückt die Stange mit den riesigen Gewichtsscheiben nach oben. Seine Beine stehen auseinander rechts und links neben der Hantelbank – wo auch sonst... Sein fleischiger beschnittener Penis hängt dazwischen, während seine Eichelspitze das Handtuch berührt, das er untergelegt hat... Wow... Bei jedem Hochdrücker der Hantelstange bewegen sich seine Brustmuskeln, was seine Nippel fast tanzen lässt... Auch er stöhnt beim Drücken der Gewichte...

Halterung der Langhantel: Bäng!

Diese „Bäng" der Langhantelstange hat mich aus meinen Gedanken zurückgeholt, dem Hantelstangendrücker in den Schritt zu starren, wie seine Eichelspitze auf dem Handtuch abliegt. Was für eine Länge... Oh je, ich starre diesen Typen an, der sich gerade aufrichtet und in meine Richtung blickt...

Langhanteldrücker: Willst Du auch mal?

Ich: Ich???

Langhanteldrücker: Yeep.

Ich: Ich glaube das ist nix für mich, ich...

Langhanteldrücker: Los, komm schon, ich steh hinter Dich und fang die Hantel im Notfall auf...

Ich: Ok, dann probier ich das vielleicht mal...

Ehe ich´s mich versehe, nimmt er auch schon die Gewichtsscheiben ab und schiebt kleinere Varianten davon auf die Stange, die er dann mit einer Klammer fixiert... Also lege ich auch mal mein Handtuch auf die Bank...

Langhanteldrücker: So, Du setzt Dich am Ende auf die Bank und rollst Dich dann nach hinten ab, so dass Dein Kopf unter der Stange durch ist...

Also, Andre, Du hast es gehört. Am unteren Ende auf die Bank setzen und nach hinten abrollen. Ganz einfach... Fuck, ist nach hinten abrollen anstrengend, wenn man versucht eine gute Figur zu machen und nicht als totaler Loser auszusehen... FUCK!!!... Ich liege also nun mit dem Rücken auf der schmalen Bank. Meine Beine stehen ebenfalls leicht gespreizt am unteren Ende der Bank. Meine Hände greifen nach oben zur Hantelstange, die noch in der Halterung liegt. Hinter mir steht der Langhanteldrücker und kurz über meinem Kopf baumelt sein immenser Penis und sein Hodensack, der von dieser Perspektive ausschaut, als ob er schwere goldene Eier darin hätte – so, wie der Hodensack von den beiden Insassen nach unten gezogen wird... Und unter diesen Umständen soll ich nun eine Hantel nach oben drücken??? Fuck! Fuck! Fuck! Ich befürchte, dass meine Eichelspitze nicht mit meinem Handtuch auf Tuchfühlung geht, sondern eher Luftklettern macht... OK, Andre, einmal hoch – runter – hoch – ablegen – fertig... Vergiss den Schwanz, der über Deinem Kopf leicht hin und her schwingt... Drei, zwei, eins... Hochdrücken... langsam ein Stück nach unten... Sack ist das schwer... langsam wieder hoch drücken... Schnell ginge es nicht... ablegen... geschafft!!!

Langhanteldrücker: Und?

Ich: Puuh, das ist leider nichts für mich Bürohengst...

Oh Mist, habe ich gerade Hengst gesagt??? Nicht, dass der jetzt meint, ich sei ein Hengst oder Stute oder wollte jetzt reiten... ach das geht ja eh nicht, da laut Hinweisschild „Kein Sex" erlaubt ist... Puuh... Nicht, dass er jetzt denkt, ich wollte ihn anbaggern...

Ich: ...Aber danke fürs Anleiten und Ausprobieren lassen...

Und während ich so von meiner Liegeposition aufblicke, da erkenne ich erst jetzt seine beiden Brustwarzen, die seine durchaus muskulöse Brust krönen, wie die Belegkirsche ein Stück Schwarzwälder Kirschtorte... Eigentlich könnte ich jetzt auch einen Happen essen gehen??? Wie liege ich denn in der Zeit???... Passt.

Also schlendere ich vom Fitnessbereich zur Snackbar... Gegenverkehr. Scheint ein Pärchen zu sein. Vermute ich zumindest, da die beiden Händchen halten... Bin halt ein schlaues Kerlchen – finde ich zumindest...

Wow, die Snackbar hier ist aufgemacht, wie eine Art Strandbar. Liegesessel. Sonnenschirm. Ein paar Palmen. Girlanden. Ach, was will man mehr??? Und so nehme ich an einem der kleinen Tischchen Platz. Da kommt auch schon der Kellner. Vermutlich starre ich schon wieder, denn der Kellner hat eine schwarze Retropant und eine schwarze Fliege. Sonst nix. Außer natürlich Schuhe. Schuhe? Flipflops.

Kellner: Hallo, Hast Du schon gewählt?

Ich: Äh... nee... ich brauch noch einen kleinen Moment...

Kellner: Kein Thema. Ich komm dann gleich nochmal bei Dir vorbei...

Schwupps, dreht er sich um und geht wieder. Ich starre wohl wieder, aber dieses Mal sieht er es ja nicht... Also gut, dann nehme ich mir mal die Karte... frischer O-Saft, das klingt doch schon mal nicht schlecht... Fitnesssalat... Eis... Espresso... Und schon hätte ich mein Mittagessen zusammen... Jetzt könnte er dann wieder kommen... Aha, man merkt wohl, dass es Mittagsessenszeit ist, denn schon kommt ein Pärchen rein und setzt sich an den Tisch neben mir... Ok, die lesen, was auf der Tafel dort vorne steht... Pasta mit Tomaten-Basilikum-Soße... Wäre auch nicht schlecht, aber ich bleibt beim Salat. Punkt... Und kaum, dass die Neuankömmlinge sitzen, taucht auch wieder der

Kellner auf. Er trägt immer noch nicht mehr... Stimmt nicht. Er hat jetzt ein kleines Tablett in der Hand, vermutlich für die Bestellungen... Richtig...

Kellner: So, was darf ich Dir bringen?

Ich: Einmal den frisch gepressten O-Saft, dann den Fitnessteller und als Dessert ein Eis und einen Espresso...

Kellner: Alles klar, habe ich notiert. Welches Brot möchtest Du denn zum Salat? Toast oder Mehrsaaten?

Ich: Mehrsaaten klingt doch ganz gut.

Kellner: Und das Dressing? Haus? Joghurt? Oder Essig-Öl?

Ich: Haus???

Kellner: Wunderbar. Dankeschön.

Er dreht sich um und geht zum Tisch nebenan. Na, da bin ich jetzt mal gespannt, was ich serviert bekomme... Aber richtig nett eingerichtet ist es hier... Und auch schön warm, so dass man sich fühlt, wie im Urlaub. Herrlich. Einfach Herrlich... Der Kellner verschwindet... Oh, die beiden dort drüben halten Händchen... und küssen sich... ok, küssen ist ja nicht verboten, sondern Sex... Ach du meine Güte, die fressen sich ja fast gegenseitig auf. Ist sicherlich die Vorspeise... Ja, das ist schon so eine Sache... Oh, je, hoffentlich falle ich jetzt nicht wieder in meine Midlifecrisis-Phase. Ich meine, ich genieße mein Singleleben, aber es wäre auch schön, jemanden zu haben, mit dem man genau solche

Sachen machen könnte. Mal küssen, mal gemeinsam etwas unternehmen... Man muss ja nicht in der Kiste landen oder alles nur auf Sex aufbauen, aber einfach eine Person, mit der man mal so etwas unternehmen kann, wie zum Beispiel einen Tag im Gay-SPA... Ah, da kommt auch schon mein O-Saft... Und leckere Cocktails... Ok, habe ich mir schon fast gedacht, dass die an den Nebentisch gehen...

Kellner: Und hier einmal der O-Saft.

Ich: Dankeschön.

Am Nachbartisch wird sich zugeprostet und die Gläser klingen. Und nun wird genüsslich am Strohhalm gezogen... Ich genieße dann mal meinen frisch gepressten O-Saft... Der ist mal wirklich lecker, also so richtig lecker... Ich muss glaube ich woanders hinschauen, sonst beginne ich bestimmt wieder zu starren... Aber es ist auch interessant, die Leute zu beobachten... Das ist ja wie im Schwimmbad oder der Sauna: man entdeckt bei der einen Person ein tolles Tattoo und dort sieht man, wo jemand gepierct wurde und dann gibt es noch die unterschiedlichen Sixpack-Träger (0,33 / 0,5 / Maß / 5ltr-Fässchen,...), rasiert oder nicht, modisch gekleidet, schinand oder freizügig, etc... Und der Kerl dort drüben, also der rechte zumindest hat ein interessantes Tattoo auf dem Oberarm, aber leider erkenne ich es nicht ganz. Vielleicht wenn er später ißt oder sich mal dreht oder aufsteht... Bestimmt ein Pärchen und bestimmt feiern sie heute Jahrestag, Geburtstag, oder was weiß denn ich... Gut, geht mich auch nix an... Oha, der andere beugt sich nach vorne und greift unter dem Tisch dem anderen ans Knie und schiebt seine Hand weiter den

Oberschenkel nach oben in Richtung... Steht dem anderen etwa schon sein...

Kellner: So, einmal der Salat. Guten Appetit...

Riss es mich jetzt aus meinen Gedanken. Ich hab den Kellner gar nicht kommen sehen... Gut, ich war ja auch jetzt viel zu vertieft mit den anderen beiden...

Ich: Dankeschön.

Kellner: Und hier gibt's einmal die Pasta und einmal den Toast Hawaii. Guten Appetit. Lasst es Euch schmecken.

Und schon geht er wieder... Na dann Andre, guten Appetit... Also aussehen tut der Salatteller schon mal sehr sehr lecker und das Brot ist noch lauwarm und duftet herrlich... Hmmm, das Dressing ist super... Der grüne Salat so schön knackig... Es gibt sogar eine essbare Blüte... Gut, ich geh davon aus, dass sie essbar ist...
Am Tisch nebenan, stehen nun auch zwei volle Teller. Pasta. Zwei Mal das Tagesgericht, wie ich vermute... Ich würde fast mal darauf tippen, dass die beiden frisch verliebt sind und heute einer der beiden Geburtstag hat oder die beiden feiern Jahrestag... Fehlt nur noch, die Spaghetti-Szene aus diesem Hundefilm... Ach, wie romantisch... Ok, die beiden füttern sich zwar gegenseitig, aber die lange Spaghetti – Fehlanzeige... Aber zurück zu meinem Salat. Der war sehr lecker, kalorienfreundlich (wenn man das Dressing mal nicht mit zählt) und auf alle Fälle gesund... Dafür wird der Nachtisch nun gleich das krasse Gegenteil sein: kaloriengeladen, ABER hoffentlich genau so lecker... Dann kann

ich wenigstens sagen, dass mein Glückshormonspiegel auf einem Hoch ist und das hat ja auch was entspannendes, wenn man im Glücks-Flow ist...

Kellner: Du bist schon fertig? Darf ich gleich abräumen? War alles zu Deiner Zufriedenheit?

Ich: Ja. Ja. Und Ja. Der Salat war wirklich sehr lecker und das Brot erst...

Kellner: Das freut mich zu hören. Soll ich Dir dann gleich den Nachtisch bringen?

Ich: Sehr gerne...

Und da geht er dahin, der Kellner, mit meinem schmutzigen Geschirr... Ich hab den gar nicht kommen sehen, wo kam der denn her? Komisch... Naja, ich war auch wieder mal abgelenkt... So, wie jetzt gerade... Dort vorne läuft ein Mann und setzt sich an die Bartheke... Kennen tue ich ihn nicht, aber der Eye-Catcher ist sein Tattoo, das einmal den kompletten Rücken ziert... Wow... Ein Meisterwerk... und wahrscheinlich auch ein kleines Vermögen... Da gibt es so viel zu sehen, da weiß man gar nicht, wo man zuerst hinschauen soll...

Kellner: So, einmal der Espresso und dann noch den Eisbecher. Lass es Dir schmecken...

Ich: Vielen Dank.

Also, wenn einem da nicht das Wasser im Munde zusammenläuft... Zwei Kügelchen Eis – wobei Kügelchen stark untertrieben ist – und ein bisschen Obst und ein Berg Sahne, in dem ein Keks steckt und als Topping etwas Schokosauce und Schokoraspel... Was für eine Verführung... Optisch zumindest... ob der Geschmackstest auch bestanden wird, wird sich gleich zeigen... Löffelchen her und los geht's...

Ich: Hmmmm... lecker!

Oh, ich sehe, dass mich die Anwesenden alle anblicken. Fuck, wahrscheinlich hat das eben geklungen, wie wenn ich einen Orgasmus gehabt hätte... oder so wie in diesem Film... wie heißt der noch gleich, wo sie am Tisch sitzt und einen Orgasmus vorspielt und alle zu ihr starren und dann alle Frauen das gleiche bestellen... egal... das Eis ist lecker... super-vanillig und super-cremig... und es ist frisches Obst, kein Dosenobst, sondern frisch... Hut ab... Einfach lecker... So, und nun noch der Espresso: nicht zu bitter, schön kräftig und ein toller Duft... Herrlich... Schlemmen wie Andre im Gay-SPA... Aha, Mister Rücken-Tattoo verlässt uns wieder... So, wann geht es denn bei mir weiter???... Was ist das denn? Mein Blick wandert gerade an den Nachbartisch. Der junge Mann hätte wohl das Eis nötiger gebraucht als ich, um damit seine Latte etwas herunter zu kühlen. Mein lieber Mann, da steht ja was unterm Tisch. Gäbe es hier Tischtücher, würde man das gar nicht sehen. Senkrechtstarter. Vermutlich beschnitten. Ok, ich muss aufhören, dort rüber zu starren, sonst meinen die vielleicht noch, ich sei notgeil...

Ich: Oh, wo verdammt ist denn wieder dieser Zettel mit dem Plan???

Okay, ich muss wohl lernen, etwas leiser zu fluchen. Aber so viele haben es ja glücklicherweise nicht gehört... Oh, da kommt ja der Kellner, dann werde ich gleich mal zahlen. Am besten einfach mal winken, dann wird er schon kommen...

Kellner: Was darf es denn sein?

Ich: Könntest Du mich bitte abkassieren?

Kellner: Klar doch, kleinen Moment...

Da läuft er dahin, nimmt noch die beiden Pasta-Teller vom Nachbartisch mit und verschwindet in der Küche... Aha, die Latte ist weg...

Okay, Zettel ist da... Mal sehen, also ich habe noch Zeit... 12 Minuten, wenn die Uhr hier im Bistro – oder wie auch immer die das hier nennen – richtig geht...

Kellner: Macht dann bei Dir 20,70 Euro.

Sag mal, das gibt es doch nicht, wo kommt der Kellner denn jedes Mal her? Ich sehe ihn meistens gar nicht und schwupps steht er wieder am Tisch... Vielleicht sind das ja auch Zwillinge, die hier als Kellner arbeiten ODER so wie in der Fabel mit dem Hasen und dem Igel... oder was der Fuchs und der Hase...

Ich: Hier stimmt so.

Kellner: Vielen Dank. Dann wünsch´ ich Dir noch weiterhin einen schönen Aufenthalt hier bei uns. Mach´s gut.

So, dass waren dann 2,30€ Trinkgeld... So, und jetzt wieder Tasche packen und den Rest des Gerümpels und dann geht's weiter... Nun ja, jetzt steht Schwimmbad auf dem Plan... nach dem Essen vielleicht keine so gute Idee, aber es war ja nur ein leichtes Salätchen...

Mit meiner Tasche – geschultert – geht's also nun weiter durch den Gay-SPA... oder heißt es „das"?... egal... Schon ein interessantes Gebäude hier und toll aufgemacht... Hätte ich dem Gebäude von außen nun wirklich nicht zugetraut... Die haben hier sogar ein Art kleines Baumhaus eingebaut... Dort geht's ein paar Stufen nach oben und auf der Plattform, die umringt ist von Grün, stehen dann ein paar Liegestühle zum Relaxen und einfach faul rumlümmeln... Wenn ich jetzt noch ein bisschen mehr Zeit hätte... Nun, ich müsste ja auch nicht zum Schwimmen und könnte stattdessen einfach dort hoch und mich auf eine der Liegen fallen lassen... Sehen zumindest von hier unten aus, als hätte noch niemand sein Handtuch ausgeworfen... Ok, falls ich später noch Zeit habe, dann behalte ich das mal im Hinterkopf, dass ich im Baumhaus noch ein paar Minuten relaxe... Also weiter geht's... Da steht ja auch schon der nächste Wegweiser... Schwimmbad: gerade aus... Perfekt... Dann folge ich einfach mal dem Pfad... Ist auch eine tolle passende Idee... Ein Weg mit kleinen Steinchen, eingesäumt von größeren Kieselsteinen und umrahmt mit gut aussehenden Kunstpflanzen... Sand wäre sicherlich toller gewesen, aber ich vermute mal, der trägt sich überall hin und es gibt eine größere Schweinerei zum Putzen... egal... ich finde es gut so... Und da wären wir auch schon, am Eingang zum Schwimmbad... Sieht aus wie eine Bambushütte mit Schilfdach... Na dann, auf geht's...

Ok, das Schwimmbad ist jetzt nicht wirklich groß, aber um zwei Züge zu machen reicht es. Mehr wird meine Kondition wohl auch nicht zu lassen... Ich bin eh sicher, dass ich morgen dermaßen Muskelkater – nein Muskelsaurier – haben werde... Also gut, dann wollen wir mal... FKK-Schwimmen... Bademantel hänge ich mal hier an den Haken, Schuhe werden hier geparkt und der Rest kommt hier ins Fach... Auf geht's... Also einer ist schon im Becken, aber der tut eigentlich nix... außer, dass er mich beäugt... Ok, mach ich ja bei den anderen auch, also eigentlich nur fair... Erst mal die Zehenspitzen rein halten... Leck, ist das kalt... Ich hätte mir jetzt anhand der Luftfeuchtigkeit hier und der Wärme auch wärmeres Wasser vorgestellt... Langsam, Schritt für Schritt geht's rein... Stufe um Stufe... Ok, jetzt kommen wir gleich zum kritischen Bereich... Und während ich so an mir hinabblicke, wie die Wasseroberfläche nun gleich auf meine Männlichkeit trifft – oder wohl eher, wie meine Männlichkeit gleich auf dem Wasserspiegel aufschlägt und dahinter versinkt und in die Tiefe gerissen wird – bemerke ich, dass der Wassermann mich immer noch anstarrt... Ok, Brust raus und Bauch rein und dann zack zack zack rein ins Wasser... Super, das hat man nun davon: eine Gänsehaut am ganzen Körper... Aber es ist auch ein befreiendes Gefühl, so ganz ohne Badehose... Und wenn man nun ein Weilchen im Wasser ist, kommt es einem auch gar nicht mehr so kalt vor... Na dann werde ich mal ein zwei Bahnen ziehen... Der Wassermann schielt immer noch zu mir... Egal... So, und die Beine schön wie ein junges Fröschlein bewegen. Kopf über Wasser halten. Nächster Zug. Und noch einer. Gleich ist die andere Seite da. Noch ein paar Zentimeter. Nochmals mit den Beinen. Und da! Geschafft!... Puuh, aber ganz schön anstrengend, wenn man nicht so gut trainiert ist... Und ich merke jetzt schon meine Halsmuskeln, die werden morgen so was von katern... Katern? Gibt´s das Wort überhaupt? Egal, ich weiß ja schließlich, was damit gemeint ist... Ich hab mir mal sagen lassen, dass Rückenschwimmen „gesünder" sein soll, aber irgendwie sauf´ ich da immer ab. Und man muss so mit den Armen arbeiten... Ok, das Wasser reicht im Stehen bis kurz unter die Brust. Der Rest vom Oberkörper, der jetzt aus dem Wasser ragt, fühlt sich auf einmal kühl an... Soll ich noch eine Bahn ziehen. Wieso zieht man eigentlich eine Bahn und dreht sie nicht? Interessante Frage... Vielleicht zieht man sie zuerst, damit man sie anschließend drehen kann... Der Wassermann äugt immer noch so leicht herüber, ich seh´ das... Ok, nochmal eine Bahn zurück. Ich würde gerne mal sehen, wie das unter Wasser ausschaut, also ob mein Penis samt Gehänge mitschwingt, von der Schwerkraft nach unten gezogen wird, etc... Wie ist das dann eigentlich in den Sole-Bädern? Wenn ich da auf dem Rücken liege, und der Körper leicht unter Wasser, müsste dann, wenn der Körper weiter runter gedrückt würde, mein Glied zur Wasseroberfläche empor zeigen, obwohl es nicht steif ist???... Egal... Abstoßen und nochmals Froschbeine und Arme. Luftholen nicht vergessen. Froschbeine, Arme, Froschbeine, Arme und schwupps bin ich wieder auf der anderen Seite.

Wassermann: Hast Du Lust mit in den Whirlpool zu gehen?

Ich: Ich? Es gibt hier einen Whirlpool?

Wassermann: Ja, der ist nebenan.

Hmmm? Soll ich? Eigentlich möchte ich ja nicht mit dem Wassermann in den Whirlpool steigen... Auf der anderen Seite:

Kein Sex erlaubt... Und wann hab ich mal wieder die Gelegenheit in den Genuss eines Whirlpools zu kommen?

Ich: Joa, wieso nicht...

Der Wassermann schreitet durch das Wasser in Richtung Treppe. Geschmeidig steigt er aus dem Wasser. Ich komm mir vor, wie in einem dieser Agentenfilme, wenn der Hauptprotagonist aus den Fluten des Meeres steigt. Gut gebaute Figur, Sixpack, sexy Badehose... In diesem Fall – also im Falle des Wassermanns – normaler Teint, statt Sixpack eher 5-Liter-Fässchen und Badehose ist hier in diesem Falle Fehlanzeige, da splitterfasernackt. Aber meine Herrn: blitze blank rasiert – untenrum – sieht aus wie wenn er beschnitten wäre – was seine Eichel extra nochmals betont, obwohl sie es nicht nötig hätte... und dann noch das Säckchen – ich untertreibe – das eigentlich in jedes Aufklärungsbuch rein könnte... Ok, ich habe das Gefühl, dass ich wieder starre... Dann folge ich mal im sicheren Abstand... Auch ich gebe mir alle Mühe filmreif aus dem Becken zu steigen... Nun, ja, ist aber keiner da, der mir zuschaut, denn der Wassermann ist schon dabei in die Badelatschen zu steigen und seinen Bademantel und Handtuch zu holen... Ok, er hat mich ja schon beim Einstieg ins Nass begutachtet und meinen unwiderstehlichen Körper begutachten können... Ich folge. Ich folge. Ich folge... Hab ich alles... Ok... Aha, da geht es also zum Whirlpool. Den hätte ich so nie gefunden. Also war es doch Fügung, dass mich der Wassermann angesprochen hat, damit ich noch in diesen sprudelnden Genuss komme... Wir betreten den Nebenraum und da steht der Whirlpool. Wow, hier ist es auch wärmer. Wesentlich wärmer... Ok, ich sehe schon, der Wassermann ist wohl öfters hier oder war zumindest schon mal hier. Zack, hat er seine Sachen abgelegt und ist schon auf dem Weg zum Whirlpool. Ich eile hinterher. Bademantel, Badelatschen, etc. alles auf den Hocker gelegt, der da so rumsteht... Noch blubbert nix, aber ich hoffe gleich... Ok, dann steig ich mal hinterher... Das gibt es nicht! Das Blubberwasser hier ist so warm. Super angenehm. Aha, der Wassermann hat es sich schon mal an der Technik bequem gemacht. Soll mir recht sein, dann kann ich entspannen und das Blubbern genießen... Also nehme ich dann mal Platz.

Ich: Du bist wohl öfters hier?

Wassermann: Meist so einmal im Monat. Ist wie Urlaub. Nur näher und günstiger.

Ich: Ja, das stimmt...

So, jetzt aber genug gesmalltalkt, lasst das Blubbern beginnen!!!... Und wie auf Kommando steigen die Milliarden Bläschen auf... herrlich... Oh, und da sind auch welche unter meiner Sitzfläche, die meine... Huch, kribbelt das... Das ist ja... Meine Güte, der eine Blubberstrahl zielt geradewegs auf meinen Hodensack... Das ist ein... Wahnsinns Gefühl... Und ich merke auch, dass dieses Wahnsinns Gefühl dazu führt, dass mein Penis steif wird... Nur gut, dass man dies durch das ganze Blubbern und die Trilliarden Bläschen nicht sieht... Dann will ich mich jetzt mal zurücklehnen, die Augen schließen und genießen... Herrlich... Einfach mal an nichts denken und sich schön durchblubbern lassen... Das könnte ich jetzt stundenlang machen, bis die Haut schrumpelig wird...

Was ist denn nun das? Habe ich das gerade richtig bemerkt, dass sein Fuß – und ich hoffe, es war sein Fuß – die Innenseite meines Schenkels berührt hat?... Nun ja, vielleicht hat er einfach nur seinen Fuß mal ausgestreckt und die Blubberbläschen haben seinen Fu... Nee, da war er schon wieder und auch etwas länger... und ich würde sagen „forschender"... ich lasse mal meine Augen zu und ignoriere einfach, was sich da im Blubberwasser abspielt... Sicherlich lässt er gleich wieder davon ab, wenn ich mich nicht rege – wobei ich die Befürchtung habe, dass ich mich zwar nicht rege, aber sich etwas zwischen meinen Beinen regt... Glücklicherweise sieht er das nicht... Ok, da ist sein Fuss schon wieder... Soll ich jetzt etwas sagen und diesen Moment zunichte machen oder dies einfach als „Goodie" ansehen... Ok, lass ihn spielen... Hunde, die spielen beißen nicht... Huch, was ist das?... Jetzt muss ich doch die Augen aufmachen... Hab ich doch trotz des Blubberns richtig gehört, dass da die Tür gegangen ist... Ah, da kommt also schon der nächste Blubbersprudelwassersitzer... Der Typ stellt seine Tasche ab, zieht seine Badeschlappen aus und läuft auf uns zu... Als das Licht etwas mehr preisgibt, erkenne ich auf seinen Armen die großflächigen Tattoos und das Kettchen um seinen Hals... Und nicht zu vergessen, was da zwischen seinen Baumen beinelt... Ach Du meine Güte... natürlich zwischen seinen Beinen baumelt... Als der Typ kurz davor ist, zu uns in die Wanne zu steigen, zieht er für einen kurzen Moment verführerisch seine Augenbrauen hoch... Naja, schön und gut, aber bei mir zieht das jetzt gerade nicht so... Er lässt sich nieder und auf einmal ist der Fuß von Mister Wassermann verschwunden... Tadaaa... Und so, wie ich die Blicke der beiden Herren deute, weiß ich auch schon, wo der Fuß jetzt stecken dürfte... Gut, vielleicht nicht stecken, aber wo er vor Anker ging... Und eine weitere Vermutung lässt mich nahelegen, dass dies wohl auf Gegenseitigkeit beruht, wenn ich das Gesicht des Wassermanns anschaue... Ok, vielleicht sollte ich die beiden jetzt sich selbst und ihren Füßen - oder was auch immer - überlassen und mich vom Acker machen... Das kurze Intermezzo im Blubberbad war ja nun am Anfang ganz nett... Und ich weiß ja auch nicht, wie weit die beiden noch gehen – sowohl wenn ich hier bleibe oder wenn ich jetzt dann aus der Wanne steige... So, dann lass ich die beiden mal alleine und geh derweilen in die Sauna. Also steh ich halt mal vorsichtig auf und taste mich vorsichtig zum Ausstieg hin... Ach herrje, vielleicht hätte ich damit noch einen Augenblick warten sollen, denn mein bestes Stück steht senkrecht nach vorne und als der dritte Mann zu mir herüberblickt, könnte man fast meinen, dass es eine Aufforderung sei für... Ok, ich mach mich dann mal etwas schneller vom Acker als gedacht... Die beiden Männer grinsen. Ich will gar nicht wissen, was die beiden tratschen, wenn ich hier draußen bin... So, Handtuch schnappen, kurz abtrocknen, in den Bademantel, Badelatschen und meine Tasche... Und jetzt nix wie Richtung Tür...

Ich: Tschüss.

Naja, ein bisschen Anstand muss schon sein, oder etwa nicht... Ich habe jetzt gar nicht zugehört, ob von den beiden noch einer etwas gesagt hat... Egal... So, wo bitte geht's hier zur Sauna?... Sehr schön, dort drüben steht einer dieser Wegweiser... Solarium (gibt's hier auch noch?), Snackbar (war ich schon), Ausgang (kommt später), Fitnessbereich (auch schon abgehakt), Sauna... Na, dann mal los...

Gleiches Spiel von vorne: Tasche abstellen, Bademantel ablegen, Badelatschen ausziehen... Obwohl, die könnte ich ja noch anlassen... Und jetzt erst mal unter die Dusche...

Ich: Aahhhh... Leck ist das kalt!!!

Ok, hat keiner gehört... Meine Herrn, das ist ja Eiswasser, was da aus der Leitung kommt... Bei dem Schrecken kommt der Kreislauf wieder in Schuss, wenn er es noch nicht war... Halleluja... Ok, jetzt wird's warm... Ahhhhh... So mag ich das... Cool, die haben hier sogar Spender für Duschgel...

Duschgelspender: krkrkrkrk

Ok, der hat wohl schon einiges auf dem Buckel, so wie der klingt... riecht aber nicht schlecht. Ich hätte jetzt eher gedacht, dass dies so eine 0815 Soße ist, die nach künstlichem Aroma stinkt, aber tut sie nicht... So, dann einmal kurz einseifen... wenn ich wüsste, dass jetzt niemand reinkommt, könnte ich ja unter der Dusche anfangen zu singen... Ich lass es lieber... Tut das warme Wasser gut... Und jetzt abtrocknen und dann rein in die Schwitzhütte... Uhhh, hier gibt es sogar ein Regal mit frischen Saunatüchern... Das nenn ich mal einen Service! Und die sind auch noch relativ weich, also nicht so harte und kratzige Dinger, wie man sie vielleicht mancher Orts aus Hotels kennt. Nein, ganz im Gegenteil. Na dann wollen wir mal eintreten... Gut, das hier ist eine BIO-Sauna, also nicht ganz so heiß, aber... oh, angenehmer Duft im Innern... LEER! Das ist ja fast wie ein Jackpot. Dann mal schnell das Handtuch auslegen und hinlegen. Hab mir sagen lassen, dass sei gesünder. Ob da was dran ist??? Ich mach das halt jetzt mal... Tut das gut. Ja, hier kann man wirklich die Seele baumeln lassen... aaaaahhhhh...

Ich höre die Tür aufgehen, gefolgt von einem „Tag" und dann schließt sich die Tür auch schon wieder und es folgt das Knarren von Brettern, als die Person wohl auf die oberste Bank emporsteigt... Dann Ruhe... Irgendwann öffne ich die Augen und die Person, die mir gegenüber sitzt, ein Mann – was sonst in einem Gay-SPA – nein, eher ein Bär. Sein Körper ist von Kopf bis Fuß behaart und seine Figur ist sehr sehr sehr stabil gebaut. Ich traue meinen Augen nicht – ja, so ist das, wenn man meditiert, man sieht Bilder... In diesem Fall einen Bären, der mich anstarrt – oder besser gesagt, in meinen Schritt starrt und mit weit gespreizten Beinen an seinem kleinen Bären spielt... Ok, was schließe ich aus dieser Situation? Positiv denken, Andre... Ich sehe beim Meditieren in der Bio-Sauna bei gefühlten 70 Grad so geil und heiß aus, dass der Anblick andere Saunierer so geil werden lässt, dass ihre Geilheit den Blutfluß beeinflusst und vom Kopf in den Schwanz schießen lässt... Fazit: Ich bin eine geile Sau bzw. ein geiler Eber... Und ehe ich es mich versehe, kotzt der kleine Bär eine Ladung Milchbrei... Nächste Schlussfolgerung: der große Bär hatte gerade einen Glücksmoment, weil er mich angestarrt hat, somit bin ich ein Glücksbringer – quasi ein „geiler glücksbringender Eber"...Ok, ich gebe ja zu, ganz unbeeindruckt hat mich das jetzt nicht gelassen... Aber wie war das mit dem Schild: Kein Sex im öffentlichen Bereich... Gut, ob da auch Sex mit sich selbst darunter fällt, wäre jetzt wohl eine Auslegungssache und sicherlich Thema für eine lange Diskussion...

So, abschließend geht's jetzt noch zur Massage. Wenigstens das hat die Rasselbande von Kumpels gut ausgewählt und meinen Geschmack voll getroffen...

Ok, die Tür ist noch zu, dann nehme ich halt mal noch ein paar Minuten Platz und warte... Was sagt die Uhr? Ok, ich bin auch fast 10 Minuten zu früh. Aber lieber zu früh, als zu spät... Blöder Spruch, ich weiß... Aber wenn man hier so sitzt, kommt einem doch der ein oder andere dumme Spruch in den Sinn... Und was haben wir hier? Flyer mit der Übersicht über die angebotenen Massagen. Nun, kann ich da noch wählen oder hat die Rasselbande für mich schon etwas ausgewählt? Was haben wir denn hier alles... Aromaölmassage, klassische Rück... aha, da geht auch schon die Tür auf...

Er: Andre?

Ich: Äh...ja, das bin ich...

Vielleicht wäre es sinnvoll gewesen, wenn ich mir wie bei diesem Ratespiel einen gelben Zettel auf die Stirn geklebt hätte, auf dem „Andre" steht... Uhhh, hier drin sieht es aber toll aus... Und es riecht gut... und es ist herrlich wa..

Er: So, ich heiße Boris und ich bin heute Dein Wellness-masseur...

Ich: Hallo Boris, ich heiße Andre...

Boris lächelt... Was für einen Schwachsinn labere ich denn auch wieder, denn er hat ja nach Andre gesucht und einen Andre gefunden, was die Wahrscheinlichkeit nahe legt, dass ich Andre heiße... bin... Ok, wir einigen uns auf anlächeln über diesen kleinen verbalen Fauxpas...

Boris: Du kannst hier ablegen und es Dir dann schon mal auf der Massagebank gemütlich machen.

Ok, Bademantel aus... Schuhe aus... und wieder stehe ich splitterfasernackt vor einem wildfremden Mann, der Boris heißt...
Boris: Vorhang auf oder zu?

Ich: Vorhang?

Erst jetzt sehe ich, dass es auch hier Glasscheiben gibt, durch die man vom Gang her hereinschauen kann... Scheiße... auf oder zu...???...

Ich: auf...

Was? Was hat mich denn jetzt gerade wieder geritten??? Ich schaue Boris an, der einfach nur mit einer kurzen Hotpant-artigen Sporthose – nein das trifft es nicht – Sporthöschen vor mir steht. Sonst nix... nun gut, wird ja eh alles mit Öl versaut... Ich hoffe nicht, dass ich ihn jetzt die ganze Zeit angestarrt habe... und falls doch, wo habe ich hingestarrt? Auf sein Sporthöschen??? Oh man...

Boris: So, dann kannst Du Dich jetzt hinlegen... Mach es Dir bequem... Hier habe ich eine Rolle, damit die Beine schön entlastet liegen...

Boris hebt meine Beine an, während ich bäuchlings auf der Liege liege und mein Gesicht in dieses Loch vergrabe... so erkennt mich wenigstens keiner, wenn einer von draußen hereinschaut... Oh, was ist das denn? Boris hat etwas über meinen Hintern gelegt... nee, über meine Beine... puuuh... ist doch eh schon so warm hier drinnen... Oh, leise Musik im Hintergrund... Sehr schön...

Boris: So, was wurde denn für Dich gebucht? Ok, einmal die Analmassage...

Ich: Was??? Eine Analmassage... nee, also nee...

Boris: Beruhig′ Dich, dass war doch nur ein Scherz...

Scherz? Ich geb′ Dir gleich Scherz, mein Lieber... Gab′s heute Scherzkekse zum Frühstück, oder was? Analmassage... ich fass′ es nicht...

Boris: Ich habe heute einen Zitronengrasduft mit Rosmarin für Dich...

Ok, denke ich, während ich versuche zu entspannen...

Zack!!! Seine öligen – aber so was von warmen Händen – treffen auf meinen Rücken... Oh, tut das jetzt schon gut... ahhhh... seine Hände gleiten über meinen ganzen Rücken und verteilen das warme Öl... der Duft... herrlich... ich weiß nicht, was er da gerade mit seinen Händen macht, aber das fühlt sich so toll an... er „knetet" meine Speckrolle an der Seite... seine Hände fühlen sich wirklich toll an... die sind so zart... klar, wenn man den ganzen Tag Öl dran hat... wieder über den ganzen Rücken streichen...

ohhhh... ahhh... und jetzt die rechte Schulter... ohhh ja!!!... ahhh, tut das gut... der Mann weiß, was er tut... habe ich jetzt etwa gerade laut gestöhnt??? Wie peinlich soll es denn heute eigentlich noch werden???... Nur gut, dass mich hier (bisher) niemand kennt... ahhh... Boris macht das wirklich sehr gut... hä?... er fährt mir mit den Fingerspitzen durch die Haare... Fuck, bekomm´ ich davon eine Gänsehaut... Das kribbelt bis runter zum kleinen Zeh... Aber es tut so gut... ich weiß gar nicht, wann mir das letzte Mal jemand mit den Fingern durchs Haar ist und dabei die Kopfhaut massiert hat... Schulterwechsel... ich merke richtig, wie ich in die Liege absacke... so fühlt sich Entspannung und loslassen an... und dazu die fachmännischen Griffe... ahhh... sehr schön... Wie lange liege ich jetzt hier? 3 Stunden?... Wieder gleiten seine Händen über meinen kompletten Rücken... Und nun die Speckrolle auf der linken Seite kneten... Oh, vielleicht massiert er den Speck weg??? Ha, das wär´s!!!... Das fühlt sich soooo super an... und wenn er dann mit beiden Händen über den Rücken streicht, dann ist das wie...??? Keine Ahnung. Fällt mir so spontan nix zu ein... Was, ist Boris etwa schon fertig??? Soll ich jetzt aufstehen??? Was ist das???... Ahhh... er nimmt das Tuch von den Beinen und legt es auf den Rücken... Mensch, ist das Tuch warm, habe ich etwa so heiße Beine??? ... Leck, bin ich eben zusammengezuckt, als seine beiden Hände mein linkes Bein berührt haben... Ahhh, dieses warme Öl... einfach herrlich... Ich weiß nicht, ob ich es schon erwähnt habe: herrlich... Oh, bin ich im Oberschenkel verkrampft...Oh, oh... Boris kommt aber hier schon ziemlich in den Grauzonenbereich... Er nähert sich verdammt nah meinem Schri... huhhhh... Er ist gerade mit der Hand in den Ansatz der Pobacken und ich meine sein Finger hat meinen Sack berührt... schon wieder... Macht er das absichtlich???... Und jetzt knetet er auch noch meinen Hintern...

Boris: Der Gluteus ist einer der größten Muskeln...

Was? Wer? Meint Boris etwa meinen Hintern...???... oh, oh... wenn er so weiter macht, dann muss ich mich mal überraschen lassen, wie das ausgeht... Seitenwechsel... rechtes Bein... ahhh... Warmes Öl auf dem Bein verteilen... Das tut so gut und ist soooo herrlich... Warum habe ich mir so etwas nicht schon längst einmal gegönnt???... Stimmt, beim der letzten Massage, war das ja ein Griff ins Klo... aber Boris... Boris ist in der Tat ein Meister seines Fachs... Ja, in der Tat, denn wieder wandern seine Hände in das menschliche Fach... Ich glaube das macht er absichtlich, dass seine Hände meinen Hodensack berühren... Vielleicht ist er auch geil... Wäre ich vielleicht auch, wenn so ein Körper vor mir läge... Nicht vielleicht, sondern ich wäre geil... Ganz ehrlich, ich bin es jetzt auch... Oh, jetzt massiert er wieder meinen Hintern... Naja, der zieht meine Pobacken schon ein wenig auseinander... ah... Und schon wieder meinen Hodensack berührt... Dieser kleine Lustmolch... Andre, entspann Dich und lausche der Musik...

Boris: So, jetzt kannst Du Dich dann langsam umdrehen.

Was?!?!?! Ich soll mich umdrehen? Aber mein Schwanz ist noch steif... Was mach ich jetzt bloß?... Zeitgewinnen und an etwas asexuelles denken, dass sollte helfen... Nass denn Hausflur wischen, nass den Hausflur wischen,... Ich glaube es hilft... Langsam strecken und... und noch langsamer umdrehen... Nun, er steht nicht mehr... Boris schaut aber trotzdem hin... Ja, das ist nur wegen Dir!!!

Boris: So, dann kommt die Rolle jetzt unter die Knie. Einmal kurz die Beine nach oben.

Ok, Beine hoch und schwupps, hat er die Rolle untergelegt... Sehr gut, er deckt meinen Intimbereich mit der Decke ab... Am besten ich schließe meine Augen und lausche der Musik...
Huch, seine warmen Hände legen sich auf meine Brust und verteilen das Öl... Durch dieses hin und her gefahre, werden meine Brustwarzen fest... Oh Mann... NEIN, nicht!!!

Ich: Oh, sorry, aber da bin ich kitzelig.

Boris Hände sind nach unten gewandert und massieren gerade meinen Bauch... Sorry, aber das ist nun mal so, dass ich da lachen muss, weil es kitzelt... Aber es fühlt sich auch gut an, wenn er mit seinen warmen Händen mit ein wenig Druck um den Bauchnabel kreist und das duftende Öl einmassiert... Oh nein, er zieht das Tuch nach oben, hoch zu meiner Brust... Ah, er macht bei den Beinen weiter... Nun ja, bei den Unterschenkeln gibt's ja nun nicht so viel zu massieren und durchzukneten, dann doch eher bei den Oberschenkeln... Puuh, die sind auch mächtig verspannt... Nicht schon wieder!!! Seine Hände kommen verdammt nah an... da war es schon wieder! Seine Hand hat meinen Hodensack berührt... und nochmals... Oh je, hoffentlich wird er jetzt nicht schon wieder hart, dass wäre ja jetzt echt peinlich, wenn sich mein bestes Stück nun aufrichtet und die Decke wie ein Zeltdach emporsteigen lässt... Aber ich wäre bestimmt nicht der erste, dem das passiert... Aber peinlich wäre mir das... Aber Boris kennt mich nicht und ich kenne ihn nicht... Schon wieder! Er massiert gerade sehr lange diese Stelle, so dass er immer wieder meinen Hodensack streift...

Boris: Du kannst Dich ruhig entspannen. Da passiert nichts. Wie gesagt, dass mit der Analmassage war nur ein Witz. Heute ist nämlich Lingam-Tag.

Ich: Was? Das ist doch auch wieder ein Witz, oder? Du wirst mir doch jetzt nicht allen ernstes den Schwa... Lingam massieren, oder?

Ich hoffe, ich kam jetzt nicht zu panisch rüber. Aber hat Boris eine Ahnung, wann das letzte Mal ein Mann meinen Lingam... äh... Schwanz in der Hand hatte...??? Gut, da kann Boris jetzt natürlich nix für, aber ich meine ja nur...

Boris: Spaß... Es geht nur noch einmal über die Beine und dann sind wir auch schon fertig.

Puuh, das ist eine Erleichterung... Ich spüre richtig, wie ich jetzt noch einmal absinke in die Massagebank... Supi, jetzt, wo alles vorbei ist...

Boris: So, fertig. Du kannst aber gerne noch ein paar Minuten liegen bleiben zum Nachruhen. Ich wasch mir nur eben die Hände... Also nicht von der Liege fallen... Bin gleich wieder da...

Ich: Ok.

So, dann ruh´ ich noch ein paar Minuten nach und dann wäre ich glaube ich auch schon fertig.

Boris: So, da bin ich wieder. Alles gut bei Dir? Du kannst jetzt übrigens langsam aufstehen... Langsam... ich möchte Dich nicht hetzen...

Nee, is´ klar... Also, dann erhebe ich mich halt mal... langsam... Ohhhh, mein Rücken... Ich bin gerade so was von fix und alle... Warum hat er denn eigentlich nicht weitergemacht?... Nur noch ein klitzekleines bisschen?... Ok, ich sitze zumindest schon mal auf dem Rand der Liege und lasse die Beine baumeln... Oh, jetzt weiß ich auch, warum er sagte, langsam aufstehen... Einatmen... Ausatmen... Einatmen... Ausatmen... Aufstehen bzw. hin stehen... an der Massagebank festhalten... alles wird gut... Ok, dann den Bademantel schnappen und anziehen... Badelatschen... Tasche...

Ich: Vielen Dank, Boris. Hat sehr sehr gut getan...

Boris: Na, wenn Dir das gefallen hat, solltest Du doch mal zur Lingam kommen, das wird Dich... Spaß!!!

Ich lache einfach mal... Ok, Boris lacht zurück...

Ich: Mach´s gut.

Boris: Du auch.

Und wie ein Gentleman hält er mir die Tür auf und ich trete nach draußen auf den Gang. Da sitzt auch wohl schon der nächste Kunde von ihm... Hui, da wird er wohl ein bisschen mehr „G´schmackes" brauchen, als bei mir, bis er diese Muskelpakete durchgeknetet hat... Ok, ich starre vermutlich wieder... Aber wenn es doch hier auch so viel zu sehen gibt... Ich gehe einen

Schritt zur Seite und mache die Tür frei... Mister Muskelpaket erhebt sich und schreitet auf die Tür zu, ohne dass ihn Boris namentlich aufrufen muss... Und da geht die Tür auch schon hinter den beiden zu... Hmmm, ich könnte ja jetzt hier draußen hin sitzen und durch das Fenster schauen... Vorausgesetzt der Vorhang bleibt of... bleibt er nicht... Boris zieht den Vorhang zu... Schade... Ok, vielleicht war das mit der Analmassage oder der Lingam-Massage ja gar kein Witz... Dabei hätte ich auch ungern Zuschauer, die durch die Scheibe zugucken, wie mir Boris den Finger in... lassen wir das lieber...

Ok... es scheint sich doch noch ganz schön gefüllt zu haben, seit ich mich da drinnen hingelegt habe... vermutlich die Feierabendwelle... Und da kommt schon das nächste Grüppchen entgegen... Aha... vermutlich kennen die sich... Naja, statt freitags zum Stammtisch gehen die eben freitags ins Gay-SPA... Nochmals drei... wenn das so weitergeht, wird der Laden hier heute noch voll... Ich mach mich jetzt erst einmal auf in Richtung Umkleidekabine...

In der Tat... Hier in der Umkleidekabine gibt es nur noch wenige freie Spinds... Wow, dass hätte ich nicht gedacht, dass... WOW!... Hier drin kann es einem schon ganz schön heiß werden, wenn man all die gutgebauten Körper sieht, die sich hier gerade entblättern und aus ihren Klamotten pellen... Vermutlich starre ich schon wieder... Mein lieber Herr Gesangsverein, der Typ dort drüben hat nicht nur einen 1a Sixpack, sondern darunter befindet sich auch noch gleich ein Löschschlauch... Huiuiui... Andre, geh endlich zu deinem Spind und zieh dich an!!!... Und so schlängle ich mich halt mal durch die „Masse" an nackten Körpern, hin zu Spind Nummer... Was für eine Nummer habe ich eigentlich?...

Sollte ich vielleicht mal den Schlüssel heraus kramen... Ah, da ist er ja... Ok, Nummer 27... Dann wollen wir mal... Ok, die Umkleide leert sich schlagartig, während ich den Spind aufschließe und anfange meine Sachen heraus zu holen... Naja, schön waren die Anblicke – auch wenn nur kurz – trotzdem... Dann schlüpf´ ich halt mal in meine Klamotten und dann geht's wieder Richtung Heimat...

Bevor ich gehe, werfe ich doch noch einen kurzen Blick in den Shop. Bin mal gespannt, was hier alles geboten wird... Ok... Badelatschen, Kondome (Ok, verstehe, wenn es jetzt dann nach dem Besuch hier zur Sache geht...), Bücher (mit teilweise sehr interessanten Titeln... u.a. ein Buch über Gay-Kamasutra), DVDs (auch hier mit interessanten Filmtiteln und in den Einstufungen FSK 0 bis 18, Herz was du begehrst...), Handtücher mit Gay-SPA-Stickerei und einem kleinen Regenbogen, Hawaii-Hemden im Magnum-Style, diverse Schlüsselanhänger, LGBTQ-Artikel in Regenbogenfarben (darunter auch einen Gartenzwerg mit gut bestückter Hose, der das Ende eines Regenbogens hält...)... Aber ich denke mal, dass ich hier nicht... MOMENT... da gibt es sogar Regenbogensocken in meiner Größe... nun ja, das muss ich ja jetzt keinem erzählen, aber die könnte ich nachts ins Bett anziehen, wegen der kalten Füße... Ok, die nehm´ ich mir als Andenken mit... Schwupps... dann geh ich mal zur Kasse...

Ich: So, die hier nehm´ ich noch mit.

Als anständiger Kunde lege ich die Ware auf den Tresen und krame schon mal nach dem Geldbeutel...

Kassenmann: Ok, macht dann 8,99€... geht das noch so bei Dir mir rein?

Ich: Ja, ja, das passt schon...

Kassenmann: Die sind der Renner hier im Shop... Kann sein, dass heute Abend alle weg sind... Da hast Du ja gerade noch mal Glück gehabt...
Ich: Oha...

Wie, ich sage einfach nur „oha" und das war´s... Nun gut, ich will ja auch keine Grundsatzdiskussion über das Kaufverhalten von Socken mit dem Kassenmann führen...

Ich: Also, dann noch einen schönen Abend.... Tschüss...

Kassenmann: Ja, gute Heimfahrt... Bis zum nächsten Mal...

Ja, vielleicht wird es ein nächstes Mal geben... Und so schlendere ich jetzt erst einmal durch den Shop wieder in Richtung Ausgang und weiter zum Ausgang Ausgang... Das war er nun, mein Tag im Gay-SPA... Jetzt gemütlich – und hoffentlich staufrei – heimfahren und dann auf der Couch noch gemütlich eine Gläschen Wein schlürfen... Ach, was will man mehr...??? Ich drücke die Tür nach außen auf und setze einen Fuß nach draußen... ein angenehmes Lüftchen weht über den Parkplatz...

Der Tag neigt sich dem Ende zu

Was für ein Tag, geht es mir so durch den Kopf... ich bin jetzt erst einmal fix und alle... Und schon biege ich in meine Straße ein. Herrlich, die Umzugsfirma ist auch schon weg und somit kein Parkchaos mehr und ich kann ohne Probleme...

Ich: Verdammter Mist!!!

Ja, ich kann auch beim Autofahren fluchen... Multi-Tasking... Fahren und Fluchen... Jetzt steht doch hier tatsächlich noch ein Kastenwagen so besch_ _ _ _ auf dem Parkplatz direkt vor dem Haus, dass man da nicht noch neben dran sein Auto hinstellen kann... Einmal mit qualifiziertem Personal arbeiten...

Ich: Wir regen uns jetzt nicht auf!!! Tief durchatmen...

Und das habe ich dann auch getan. Eine Parkinsel weiter war noch was frei. Halleluja.

Auto geparkt und die Taschen ausgeladen. So, nun geht's nach oben und dann noch ein schönes Glas Wein zum Abschluss und einfach ab auf die Couch... Mit solch einladenden Gedanken lief ich zur Haustür, schloss auf und betrat das Haus.

Ich: Kr_ _ _ _ _ _!!!

Auf dem kurzen Weg von der Tür zum Lichtschalter bin ich noch über diverses Umzugsequipment in Form von Müllsäcken gestolpert. Wie kann man die Dinger auch so besch_ _ _ _ hinstellen? Ist doch so. Also, dann erst einmal die Treppen in den dritten Stock erklimmen. Kaum habe ich den ersten Stock hinter mir gelassen, da dringen Stimmen von oben herab. Ich lauf einfach unbehelligt weiter. Auf Höhe des zweiten Stocks kommt mir dann ein junges Pärchen entgegen, mit dem ich ein einfaches und schlichtes „Hallo" austausche. So, letzte Etappe. Ich bin schon auf der Zielgeraden in den dritten Stock, als mich eine Männerstimme aus meinen Ich-kuschle-mich-im-flauschi-Bademantel-mit-Rotwein-auf-der-Couch-Gedanken reißt.

Er: Hallo, ich bin Jens, ich bin heute hier eingezogen.

Ich blicke auf. Ja, da steht ein Mann am Geländer und blickt mich an. Tatsächlich spricht er wohl mit mir und da die Tür zur Wohnung gegenüber offensteht, liegt auch die Vermutung nahe, dass es sich in der Tat um meinen neuen Nachbarn handeln könnte.

Jens: Alles klar bei Dir... äh... Ihnen? Sie sehen irgendwie so erschöpft aus?

Ich: Was? Nee, alles gut... ich war heute den ganzen Tag im Gay-SPA... Day-SPA...

Oh je, habe ich etwa gerade Gay-SPA gesagt... Wenn er mich darauf ansprechen sollte, sage ich einfach, dass er sich da sicherlich verhört haben muss... Liegt wohl am Hall und Echo hier bei uns im Hausflur... oder an der niedrigen Decke... was weiß denn ich...

Jens: Ah, ich verstehe... ja, so ein Tag Entspannung kann einem auch schon ganz schön fertig machen.

Sehr schön. Es ist ihm also nicht aufgefallen – mein kleiner Versprecher... Oder er ist so ein Professioneller, der das einfach unter den Tisch fallen lässt und in der Situation überspielt... Andre, aufgepasst...

Ich: Oh ja... Ah, ich heiße übrigens Andre.

Endlich habe ich die letzten Stufen geschafft und stehe vor meiner Wohnungstür. Ich stelle meine Taschen ab und krame nach meinem Schlüssel.

Jens: Na dann, auf eine gute Nachbarschaft.

Ich drehe mich um und da steht mein neuer Nachbar auch schon neben mir und streckt mir seine Hand entgegen.

Ich: Ja, auf eine gute Nachbarschaft.

Ich ergreife flüchtig seine Hand zum Shaken. Flüchtig – das ich nicht lache... Seine Hand fühlt sich gar nicht so rau an... Aufgrund der Größe seiner Pranken und des Körperbaus hätte ich jetzt eher mit einem Dich-in-die-Knie-zwingenden Händeschütteln gerechnet...

Jens: Dann noch einen schönen Abend...

Scheiße, ich schüttle ja immer noch seine Hand... also der Tag in diesem Gay-SPA hat mir im wahrsten Sinne des Wortes den Kopf verdreht...

Ich: Ja, danke... ebenso...

Jens: Ich werde vermutlich im Umzugschaos einschlafen und heute Nacht von Kisten träumen...

Ich lächle einfach mal... :-) Tür zu... Einmal tief durchatmen. So, jetzt erst einmal die Taschen abstellen. Schuhe ausziehen. Handy zur Seite legen – am besten auf die kleine Anrichte zum Schlüsselbund, denn da finde ich es auch wieder. Raus aus den Klamotten und rein in meinem wohlfühl-flauschi-Bademantel und dann fehlt nur noch der „Vino" und die Couch. In der Küche hole ich mir erst einmal eines von den bauchigen Gläsern aus dem Schrank, die ich eigentlich nur für besondere Anlässe verwende. Schwachsinn eigentlich. Eigentlich ist jeder Tag ein besonderer Tag. Oder man macht ihn zu einem besonderen Tag... Nun gut, wie dem auch sei... Ich köpfe das Fläschchen Vino und lasse den roten (vergorenen) Rebensaft mit 13,5 Umdrehungen ins Glas fließen.

Handy: Bling!

Oh je, geht es mir durch den Kopf, dass wird jetzt sicherlich Bernhard sein, der neugierige Naseweis, der es nicht abwarten kann, um zu fragen, wie der Tag war... oder es ist sonst wer aus der Clique... neugieriges Pack! Sind ja selbst Schuld, wenn Sie mir so etwas schenken... Also gut... Das Glas Rotwein in der einen Hand, laufe ich an der Anrichte vorbei und hole mein Handy... Kaum sitze ich auf der Couch und genieße den ersten Schluck des samtig schmeckenden Weines an meinem kulinarischen Fertigsuppen-Feinschmecker-Gaumen, da klingelt es an der Tür.

Ich: Was für ein Pack! Bestimmt haben sie mir gerade geschrieben, dass sie noch vorbei kommen und schon steht diese neugierige Rasselbande vor der Tür... ICH KAUFE HEUTE NIX MEHR!

Ich öffne die Tür einen Spaltbreit... weit gefehlt... Der neue Nachbar steht davor...

Ich: Hallo...

Jens hatte er gesagt...

Ich: Hallo Jens.

Jens: Oh, 'schuldigung... ich wollte nicht stören... ich dachte nur, vielleicht hättest Du ja noch Lust auf ein Umzugseinweihungsbierchen.

Da hebt er seinen Arm vor den Körper, in der Hand zwei Fläschchen Bier.

Ich: Ich weiß nicht... ich müsste mir vielleicht noch etwas anderes anziehen... und nach dem Tag...

Ich blicke dabei an mir herab. Flauschibademantel und Hausschuhe. Sonst nix. Gut, dass muss ich ihm ja jetzt nicht auf die Nase binden.

Jens: Ja, war ja auch nur so eine Schnapsidee – also in dem Fall eine Bieridee...

Ich: Naja, also gut, ich zieh mir nur noch schnell was anderes an.

Jens: Klasse... Ach was, wenn Du Dich darin wohl fühlst... Passt.

Ich: Na gut, ich hol nur noch meine Schlüssel...

Ich greife also nach dem Schlüsselbund... Handy liegt im Wohnzimmer. Da liegt es jetzt gut... Licht lasse ich mal an, so lange wird's ja nicht gehen... Geldbeutel brauche ich hoffentlich auch nicht. Er wird mir das Bier hoffentlich nicht in Rechnung stellen, ansonsten lass ich anschreiben... Und so ziehe ich dann die Tür zu und folge Jens die paar Schritte über den Gang zu seiner Wohnung.

Jens: Hier, nimm schon mal das Bier und geh ins Wohnzimmer. Ich hol den Öffner.

Jens drückt mir die zwei Flaschen in die Hand und deutet mir die Richtung an. Und so bahne ich mir nun meinen Weg durch den Dschungel aus Umzugskartons, Möbelelementen, Säcken, einem Staubsauger, allerlei Putzkram, etc. bis ich schließlich im Wohnzimmer – oder besser gesagt, das, was einmal das Wohnzimmer werden soll, ankomme. Zumindest steht da schon einmal eine Couch...

Jens: Ich komm gleich.

Ich: Ja hoffentlich.

Sage ich mehr oder minder zu mir selbst. Und so nehme ich also Platz auf dem Sofa – auf dem sehr bequemen Sofa – dem überaus bequemen Sofa – und stelle die zwei Flaschen Bier, die ich immer noch in der Hand habe auf einen Karton vor mir, der jetzt einfach mal als Couchtisch fungieren muss. Fungieren – zu welchen literarischen Ergüssen ich um diese Zeit noch fähig bin... Und ehe ich mich versah, da steht nun auch schon Jens an der Tür. Er trägt einen Bademantel. In der Hand hält er den Flaschenöffner.

Jens: Damit Du Dir nicht albern vorkommst, hier so im Bademantel zu sitzen.

Ich muss lachen... innerlich dachte ich in diesem Moment, dass der Kerl ja genau so verrückt ist, wie ich...

Jens kommt rein und nimmt neben mir Platz. Mit einem „Plopp" und nochmals einem „Plopp" sind dann auch die zwei Fläschen auf und er streckt mir eines davon entgegen. Ich nehme an und die beiden Flaschenböden treffen sich klingend. Ich war gerade dabei einen Schluck von dem Bier zu nehmen, als...

Jens: So, Du warst heute also im Gay-SPA...

Ich pustet das bisschen Bier aus meinem Mund heraus. Ich nicke leicht und nehme gleich einen neuen Schluck.

Jens: Wurdest Du auch nach der Analmassage gefragt?

Wieder puste ich das Bier aus mir heraus, gefolgt von einem Husten.

Jens: Soll ich klopfen?

Noch ehe ich irgend eine Geste machen konnte, ist er auch schon aufgerückt und seine Hand liegt zwischen meinen Schulterblättern.

Jens: Das ist wohl immer noch der Running Gag dort, wie ich Deiner Erektion... - Reaktion natürlich - entnehme.

Wenn das so weitergeht, habe ich das komplette Bier in eine leere Bierspraydose verwandelt... Sofort habe ich natürlich an mir hinab geblickt, als Jens das Wort „Erektion" ausgesprochen hatte. Ich drehe mich leicht nach links, damit ich nicht noch eine Genickstarre bekomme, wenn ich den Kopf die ganze Zeit zur Seite drehe... Ok, ich muss einen Themenwechsel auf den Tisch bringen... Und während ich mich so zu ihm drehe, löst sich der provisorische Knoten meines Flauschibademantels und der Ruck nach links tut das Übrige dazu, dass sich mein Bademantel öffnet und nun preisgibt, dass ich nix darunter trage... Sicherlich ist in diesem Augenblick sämtliches Blut in meinen Kopf geschossen...oder meine Beine, um zu flüchten... Ich sehe, wie Jens mich ansieht... Ich will gerade meinen Bademantel wieder schließen und mich auch gleich – wenn ich dann schon stehe – verabschieden. Doch wie sagt ein Sprichwort: Die Rechnung ohne den Wirt gemacht... Jens dreht sich zu mir und öffnet ebenfalls seinen Bademantel.

Jens: Es muss Dir nichts peinlich sein, Andre.

Wow, wow, wow, schießt es mir mit Sirenen durch den Kopf...

Ich: Ok, ich geh dann mal lieber. Danke noch für´s Bier. Ich finde schon alleine raus...

Ich springe auf und verschwinde mit schnellen Schritten.

ENDE*

*Ok, das wäre jetzt das Ende der Geschichte vom Gay-SPA. Wem dieses Ende zu abrupt kam, der muss nur umblättern... denn dort gibt es ein alternatives Ende. Wer genug hat, der kann hier einfach das Buch zumachen...

Hier geht's zum alternativen Ende...

Alternatives Ende:

Wenn das so weitergeht, habe ich das komplette Bier in eine leere Bierspraydose verwandelt... Sofort habe ich natürlich an mir hinab geblickt, als Jens das Wort „Erektion" ausgesprochen hat. Ich drehe mich leicht nach links, damit ich nicht noch eine Genickstarre bekomme, wenn ich den Kopf die ganze Zeit zur Seite drehe... Ok, ich muss einen Themenwechsel auf den Tisch bringen... Und während ich mich so zu ihm drehe, löst sich der provisorische Knoten meines Flauschibademantels und der Ruck tut das Übrige dazu, dass sich mein Bademantel öffnet und nun preisgibt, dass ich nix darunter trage... Sicherlich ist in diesem Augenblick sämtliches Blut in meinen Kopf geschossen... Ich sehe, wie Jens mich ansieht... Ich will gerade meinen Bademantel wieder schließen und mich auch gleich – wenn ich dann schon stehe – verabschieden. Doch wie sagt ein Sprichwort: Die Rechnung ohne den Wirt gemacht... Jens dreht sich zu mir und öffnet ebenfalls seinen Bademantel.

Jens: Es muss Dir nichts peinlich sein, Andre.

Peinlich, sagt er... Oh... wow... ich traue meinen Augen nicht...

Ich: Peinlich!!! Das ist mir nicht nur peinlich, sondern so was von mega super hyper peinlich... Ich meine, ich sitze hier nackt auf dem Sofa meines neuen Nachbarn, der nicht einmal 24 Stunden hier wohnt und... und der nun ebenfalls...

Jens: ... und was? Schau mal, Du erzählst mir, dass Du im Gay-SPA warst...

Ich: Was ich ja eigentlich gar nicht wollte, aber das ist mir halt so herausgerutscht... Da musst Du jetzt nicht drauf herumreiten... also nicht nicht reiten... also nicht soooo reiten... also dieses Thema nicht nicht auslutschen... also nicht lutschen... zumindest nicht soooo lutschen, wie man jetzt meinen könnte, dass ich gesagt habe...

Jens: Also gut, ich werde weder lutschen noch reiten... aber ich wollte ja eigentlich auch nur sagen, dass <u>Du</u> im Gay-SPA warst und <u>ich</u> war schon im Gay-SPA...

Ich: Ja, genau...

Jens: Genau, das ist der Punkt...

Ich: Das ist sicherlich ganz anders als Du...

Auch Du Scheiße! Er hat mich gepackt und wir küssen uns. Er küsst mich. Hallo? Was? Er küsst mich? Hallo Hirn? Hallo? Leck mich - er küsst verdammt gut... Er hat mich gerade geküsst. ER – hat - MICH – geküsst! Wahrscheinlich ähnelt mein Blick jetzt dem, als ich heute ins Gay-SPA eingelaufen bin.

Jens: Besser?

Ich: ???

Ich habe keine Ahnung mehr, was ich in diesem Moment vor mich hin gestammelt habe...

Jens: Ok, dass war jetzt vielleicht keine gute Idee von mir, aber...

Ich: ...hast Du mich etwa gerade geküsst?

Jens schaut mich auf einmal etwas seltsam an. Jetzt zieht er auch noch die Augenbrauen hoch und legt seine Stirn in Falten.

Jens: Vielleicht...?!?!?!

Ich: Vielleicht ja oder vielleicht nein – ein vielleicht vielleicht gibt es nicht...

Ich bin mir nämlich gerade nicht ganz sicher, ob das hier alles überhaupt passiert oder ob ich gerade unter einer Wahnvorstellung leide und eigentlich vielleicht zuhause bei mir auf der Couch liege und vielleicht doch die ganze Flasche Rotwein schon intus habe...

Jens: Dann war es wohl eher ein vielleicht ja...

Ich: Ok...

Ok, ich habe das gerade nicht geträumt. Also, das mag jetzt wie in so einem Kitsch-Movie klingen... ich geb´s ja zu...

Jens: Also, ich wollte jetzt nicht...

Ich: ...schon gut...

In meinem Kopf rasen meine Gedanken gerade wie wild herum. So, wie wenn Du gleichzeitig mit fünf Achterbahnen fahren würdest. Das fühlt sich so an, wie wenn Dein Kopf eigentlich leer ist. Leer. Gut, vielleicht war ich in diesem Moment auch einfach nicht mehr fähig klar zu denken. Vielleicht hatte er mir auch etwas ins Bier gemischt? K.O.-Tropfen vielleicht??? Und ich bin jetzt das Opfer... Wäre ich doch bloß auf meiner Couch sitzen geblieben! Was habe ich mir auch nur dabei gedacht. Und dann auch noch NUR mit dem Bademantel an auf ein Umzugseinweihungsbierchen rüber zu kommen...??? Ich Trottel! Ach Du meine Güte: Jens schaut mich so fragend an... Hat er mich eben gerade etwas gefragt und ich habe vor lauter Gedankenkarussell nicht zugehört? Soll ich jetzt einfach „ja" sagen? Nur lächeln? Nachfragen? Ok, ich setze jetzt mal mein ich-bin-an-der-Sache-sehr-interessiert-Gesicht auf.

Jens: Andre... alles ok mit Dir?

Hallo, was soll ich denn jetzt darauf antworten?

Jens: Also, das mit dem Kuss war gerade eine etwas schlechte Idee und ich kenne Dich ja auch nicht...

Ich: Willst Du???

Jens: Was?

Ich: Mich kennenlernen?

Jens: Klar... Vielleicht fangen wir ja nochmal ganz von vorne an damit...

Ich: Küssen wir nicht... Müssen wir nicht... also küssen schon... wir können dort auch weitermachen, müssen aber nicht... also beim Küssen... meine ich...

Vielleicht hätten mir meine Jungs und Mädels lieber mal einen Kurs im Small-Talk-Flirten-für-Anfänger schenken sollen... Halleluja... ich stell mich nicht nur an wie der letzte Trottel, wahrscheinlich bin ich der letzte Trottel...

Jens: Gut, wenn Du meinst, dann müssen wir wohl beim Küssen weitermachen...

Jens beugt sich zu mir und erneut treffen sich unsere Lippen. Ich spüre, wie seine Hand meinen Kopf ergreift und an den seinen heranzieht. Seine Finger bohren sich in wilden Bahnen durch mein Haar... Gleich mit der Zunge? Der geht aber ran mein Lieber... Atmen nicht vergessen, Andre... Atmen... Huch... Wow... Jens drückt mich gekonnt nach hinten und schwupps liege ich mit dem Rücken auf seinem Sofa... Ich spüre, wie sein Körper sich an meinen schmiegt... Und da schmiegt sich noch etwas anderes an mich heran... Hui... Seine Hand streicht mir übers Gesicht und wandert dann langsam nach unten... mit seiner Zunge umkreist er meine Lippen... Sein Körper fühlt sich so gut an... warm... Seine Hand landet schließlich auf meiner Brust... Er küsst mich am Hals... Was? Er hebt meine Arme über meinen Kopf und ich lasse sie auf das Sofa fallen... atmen, Andre... er saugt an meiner rechten Brustwarze... Er küsst sie... nochmal... und nochmal... seine Zungenspitze spielt mit dem harten Nippel... und jetzt links... Halt!... Seine andere Hand legt sich auf meine rechte Brust und während er an meinem linken Nippel herumspielt und saugt und lutscht und was weiß ich noch alles macht, spüre ich, wie er mit zwei Fingern gekonnt an meiner rechten Brustwarze sich zu schaffen macht... WOW!... Er leckt mir über mein Brustbein in Richtung Hals... Nun liegt eine Hand auf jeder Brust und mit seinen Fingern bearbeitet er weiter meine

Nippel... Seine Zunge hat derweilen einen neuen Spielplatz gefunden: meinen Bauchnabel. Erst umkreist er diesen mit seiner Zunge... dreimal... viermal... nochmal... nochmal... und dann bohrt sich seine Zungenspitze in den Bauchnabel... Küsse umranden nun den kleinen Krater... Scheiße!!! Wenn er weiter nach unten geht, dann ist er gleich mit seinem Mund an meinem Schwa... Uhhhh... er bläst über meinen Hodensack und meinen Ständer... ein angenehmer fröstelnder Schauer jagt durch meinen Körper und lässt meine Nippel noch mehr stehen und meinen Ständer noch mehr ständern... Gibt es das Wort „ständern" überhaupt? Scheißegal!... Atmen... atmen... oh, oh... mit einem sanften Druck spüre ich seine Zungenspitze nun an meinem Hodensack... wieder durchzuckt es meinen ganzen Körper... Fuck!!! Er hat gerade eins meiner Eier in den Mund genommen... Keuche ich etwa? Oh, nein, ich keuche tatsächlich!... Hoffentlich denkt er jetzt nicht, was für ein alter Sack, da vor ihm liegt... Er hat mein Ei schon wieder in seinen Mund eingesaugt... Sag mal, ich schnaufe, als würde ich in den Wehen liegen und eine kurze Schnappatmung machen... Seine Hände gleiten langsam an meinen Flanken nach unten... Ich spüre jeden einzelnen seiner Finger auf meiner Haut... Das ist ja noch langsamer als Zeitlupe... und kaum haben seine Finger über meinen Körper nach unten gestrichen, da spürte ich plötzlich, wie sich sein ganzer Körper in Bewegung setzt... Er schiebt sich zu mir nach oben... Mit seinen Armen und Händen stützt er sich ab und sein Kopf ist direkt über meinem... Ich blicke in seine Augen... wahrscheinlich habe ich ihn einfach nur angestarrt und angestarrt und angestarrt, aber seine Augen haben so eine ganz eigene Ausstrahlung... Küss mich noch einmal, geht es mir durch den Kopf und wie wenn er meine Gedanken gelesen hätte, beugt er seinen Kopf nach vorne und küsst mich erneut... Völlig erschöpft liege ich nun hier... Jens richtet sich auf und streckt mir eine Hand entgegen... als ich soweit bin, packt er meine Hand und zieht mich dann nach oben... nun sitzen wir beide wieder nebeneinander und ich starre dieses Mal nicht in seine Augen, sondern auf seine Brust... Wie sich die wohl anfühlen mag?... Andre, probier´s doch einfach aus!!!... Also gut... und so beuge ich mich nach vorne und lege meinen Kopf auf seine Brust... Und sie fühlt sich soooo gut an... Ich höre sogar seinen Herzschlag... poch, poch, poch, poch... Uhhh... und was haben wir denn da? Sein Schwanz „ständert" mir entgegen und seine einäugige Schlange blinzelt mir zu...

Jens: Mach ruhig...

Was? Hatte er mich etwa ertappt, wie ich seinen Schwanz angestarrt habe? Scheiße! Aber auf der anderen Seite, er latte... hatte... ja schließlich auch an meinem Sack herum gelutscht... Und so wandert meine Hand nun langsam und zittrig in Richtung seines Schritts... Hallo, wann hatte ich das letzte Mal den Schwanz eines anderen Mannes in der Hand???... noch fünf Zentimeter... vier... drei... zwei... ich weiß nicht ob ich das kann?... Ok, ich schließe vorsorglich mal die Augen... habe ich etwa gerade scharf die Luft eingesogen, als meine Hand nun endlich seinen Ständer berührt hat?... Ich spüre seine rechte Hand auf meinem Kopf, die mich streichelt... Was? Was ist denn das? Was soll das? Seine linke Hand legt sich über meine rechte Hand und dirigiert mich so an seinem Ständer entlang... Ich spüre das Blut in seinem Schwanz pulsieren... Was gibt das denn? Er nimmt meine rechte Hand und legt sie sich auf seinen Sack... Wow... Dann, auf einmal bewegt sich keiner mehr von uns beiden... wieder höre ich sein Herz schlagen... poch, poch, poch,

poch... Ein Schauer jagt mir durch den Körper und ich zittere kurz...

Jens: Ist Dir kalt? Ich kann eine Decke holen?

Er würde für mich aufstehen und eine Decke holen? Wow... Sag mal, Andre, bist Du jetzt ein Softy, oder was?... Ok, Du warst schon immer ein kleiner Romantiker...

Ich: Vielleicht sollte ich jetzt auch nach Bett... nach Hause... meine ich... also nach Hause in mein Bett...

Ich richte mich langsam auf und mein Kopf löst sich von seiner Brust. Huch, aber meine rechte Hand liegt noch immer in seinem Schritt... Wir blicken uns in die Augen... Das könnte ich jetzt die nächsten Stunden tun...

Jens: Ok... ich werde die Nacht hier auf der Couch verbringen, denn meins steht noch nicht... also mein Bett...

Ich: Na, wieso schläfst Du dann nicht in meinem?

Hab ich das gerade wirklich gesagt? Scheiße! Ich meine, ich hab seit Jahren keine Erfahrung mehr mit... wie dem auch sei... Fuck!... Oh je, mach ich jetzt etwa auch noch die großen Scheiße-hab-ich-das-tatsächlich-gesagt-Augen?

Jens: War das gerade eine Einladung bei Dir zu übernachten?

Ich: Wahrscheinlich...

Jens: Wahrscheinlich ja oder wahrscheinlich nein? Ich muss spontan lachen. Mit meinem eigenen dummen Spruch geschlagen... Chapeau!

Ich: Wahrscheinlich ja. Aber ich muss Dich vorwarnen...

Jens schaut mich skeptisch an und macht einen kurzen Moment des Zögerns...

Ich: ...ich habe kein Bier...

Jens lacht und wir beide erheben uns von der Couch. Wir machen uns langsam auf und begeben uns in den Flur. Wir bahnen uns den Weg durch den Kisten-Dschungel. Er nimmt seinen Schlüsselbund und dann verlassen wir seine Wohnung. Ohne das Licht im Hausflur anzumachen, huschen wir zu meiner Tür und ich versuche den Schlüssel ins Schlüsselloch zu bugsieren. Und während ich mich so nach vorne gebeugt habe, spüre ich den Körper von Jens, der sich an meinen schmiegt... Tür offen... Ok... Wir beide gehen in meine Wohnung. Das Licht brennt noch. Tür zu.

Jens: Kann ich bei Dir vielleicht duschen?

Ich: Aber klar... Ich zeige Dir das Badezimmer...

Ich gehe voran und hole ihm aus dem Regal ein frisches Handtuch. Kaum dass ich mich zu ihm herumgedreht habe, da steht er auch schon splitterfasernackt vor mir...

Jens: Wolltest Du nicht auch noch duschen?

Ich: Wollte ich?

Und ob ich das wollen will... Ich meine das wäre ja Wasserverschwendung, wenn nur eine Person unter dem Duschkopf steht... Und außerdem muss man sich dann nicht so verbiegen, um sich den Rücken einzuseifen... Ach Andre, zieh einfach Deinen Bademantel aus und steig jetzt mit Jens unter die Dusche!!!

Ich: Ja, auf jeden Fall, muss ich unter die Dusche.

Jens greift nach dem Gürtel meines Flauschibademantels und zieht die Schlaufe auf. Unentwegt schaut er mir dabei in die Augen. Seine Händen schieben den Stoff über meine Schultern und die Erdanziehungskraft tut ihr übriges dazu... Mein Bademantel liegt auf dem Boden... Er ergreift meine Hand und zieht mich mit sich unter die Dusche... Fast schon eng umschlungen stehen wir in der Box... Ich muss ihn einfach anschauen... Halt, was tut er da?!?!?!... Er dreht das Wasser auf und ein Schwall eiskalten Wassers prasselt auf uns herab.

Ich: Aaaaahhhh...

Er hat mich gepackt und küsst mich erneut. In diesem Moment beginnt auch das Wasser wärmer zu werden und es fühlt sich nun an, als würde der Himmel einen angenehm warmen Sommerregen auf uns herab nieseln lassen... Ich kann mich gar nicht so recht konzentrieren, wo er denn seine Hände hat... Seine Zunge jedenfalls ist in meinem Mund... Nein, nein, bitte nicht aufhören!!! Du kannst doch jetzt nicht einfach damit... WOW!... Er dreht mich um und ich stütze mich gegen die gefliese Wand...

„Klack"... ???... Seine Hände legen sich auf meine Schultern und er seift meinen Rücken ein... Wie geil ist das denn???... Seine Hände arbeiten sich Stück für Stück nach unten bis zur Taille...

Jens: Hier ist Schluss. Der Rest ist nicht jugendfrei!

„Zack" folgt seinen Worten ein Klaps auf meinen Hintern, was zur Folge hat, dass ich zusammenzucke, denn ich war darauf nicht vorbereitet und komme dabei mit der Hand an die Flasche mit dem Duschgel, die drauf hin zu Boden fällt... Bücken ist leider nicht drin in der Duschbox... Also gehe ich in die Knie, um die Flasche aufzuheben... In der Hocke ist sein Schwanz nun direkt vor mir auf Augenhöhe... Ich nehme die Flasche mit dem Duschgel und drücke eine ordentliche Portion heraus in meine linke Hand... Schwupps, da hab ich auch schon nach seinem Hodensack gegriffen und jetzt wird dieser erst einmal gründlich eingeschaumiert... Jens spreizt seine Beine und stützt sich mit den Händen an beiden Seiten ab... Ich interpretiere, dass ihm dies gefällt... Wem würde das nicht gefallen, die Eier massiert zu bekommen, eingehüllt in einem süßlich-herben Duft nach Irgendwas... Ich nehme meine rechte Hand und packe seinen Hodensack am oberen Ende und schüttle meine Hand, so dass seine Glocken läuten... Und kaum, dass ich seinen Sack umschlungen habe, da richtet sich auch schon sein Schwanz auf... Was ich damit mache, überlege ich mir noch, denn jetzt werde ich mich erst einmal um diese beiden Klunker kümmern... Und so schließe ich meinen Daumen und Zeigefinger etwas enger um den Hautsack und ziehe dabei leicht nach unten, so dass der Sack prall wird... mit den Fingerspitzen der anderen Hand fahre ich dann mehrmals über seinen Sack... ich klopfe leicht mit den Fingerspitzen dagegen... Letztlich löse ich den Griff und nehme nun ein Ei in jede Hand und massiere seine Hoden mit sanftem Druck... Da ich bisher noch keine Proteste gehört habe, gehe ich davon aus, dass dies so ok ist... Und nun geht's seinem Lümmel an den Kragen... ich greife erneut nach der Duschgelflasche und portioniere eine große Ladung auf seinem halb steifen Schwanz. Nachdem ich die Flasche dann wieder auf den Boden gestellt habe, umgreife ich sein bestes Stück abwechselnd mit der linken und rechten Hand vom Schaft an und lasse meine umschlossene Hand nach vorne zur Eichel gleiten... linke Hand... rechte Hand... linke Hand... rechte Hand... drehen, ist sicherlich eine interessante Abwechslung und so drehe ich meine linke Hand nach rechts, umgreife seinen Schwanz und drehe meine Hand zurück. Das gleiche wiederhole ich mit der anderen Hand... Aha... auch hier scheine ich alles gut zu machen, dann es kommen keine Beschwerden... Ohhhh, zum Abschluss habe ich noch eine kleine Überraschung... Ich umgreife noch einmal seinen harten Schwanz an der Wurzel und schiebe seine Haut nach vorne, die nun über die Eichel reicht... ich nehme den Zeigefinger meiner anderen Hand und spiele nun mit seiner Vorhaut... Mein Finger umkreist seine Eichel... Aber jetzt ist dann auch gut, denn mir tun meine Beine anfangen zu schmerzen von der Hocke... Also lasse ich mal jetzt von seinem Schwanz ab und stehe langsam auf...

Ich: So, dass war´s...

Jens zieht mich wieder an sich heran und küsst mich... Aber irgendetwas ist da noch... Ok, er hat das Wasser abgedreht... Und... sein steifer Lümmel bohrt sich gegen meinen Körper... Ich weiß nicht, wie lange wir hier noch so küssend in der Duschbox drin gestanden haben, aber dann dreht sich Jens auf einmal um und geht nach draußen. Er hebt meinen Bademandel vom Boden auf und holt das Handtuch, das ich vorhin aus dem Schrank geholt habe...

Jens: Hier...

Er reicht mir das Handtuch, geht dann an den Schrank und holt sich ein weiteres heraus... Fühl dich wie zuhause... Meine Fresse, das ist sogar hypnotisierend ihm beim Abtrocknen zuzuschauen... Ich muss mich beeilen, sonst steh ich noch da, wie ein begossener Pudel und Jens ist schon auf und davon... und während er sich noch seine Haare trocken rubbelt, schlüpfe ich schon wieder in meinen Bademantel...

Jens: Wo willst Du hin?

Ich: In meine Küche...
Quatsch, der Rotwein steht ja schon im Wohnzimmer, aber das weiß Jens ja nicht... Auf dem Weg in die Küche schaue ich mal noch eben kurz auf's Handy... WHAT THE FUCK!!!... 26 Nachrichten... Ok, alle von der Clique... Bestimmt diskutieren sie, wie mein Tag war... Sollen sie... Zack, Handy wieder aus... Ich hole ein weiteres Weinglas aus dem Schrank und gehe in Richtung Wohnzimmer...

Jens: Toll eingerichtet hast Du es hier...

Ich: Danke.

Jens steht vor dem Bild über dem kleinen Sideboard. Eigentlich gefällt diese Bild niemandem, außer anscheinend Jens... Ich habe bisher auch noch niemandem erzählt, dass ich das Bild gemacht habe... Aber Jens gefällt dieses Bild wohl, denn er steht immer noch davor???

Jens: Hast Du das selbst gemacht?

Ich: Was? Kannst Du bitte damit aufhören?

Fuck, was habe ich jetzt schon wieder gesagt...

Jens: Womit aufhören?

Ich: Ach nichts... das hab ich eben nur so gesagt, da ist nichts...

Jens: Los, raus mit der Sprache!!!

Warum drucke ich denn jetzt nur wieder so rum, wie ein kleiner Schuljunge? Andre, Du bist vierz... Du bist alt genug!!! Sei ein Mann...

Ich: Na also, ich habe bisher noch niemandem gesagt, dass dieses Bild von mir ist und die meisten, also eigentlich alle finden es... aber Du hast gleich gefragt, ob ich es gemacht habe, in dem Moment, wo ich daran gedacht habe, dass ich es gemacht habe... und eigentlich labere ich schon wieder viel zu viel...

Deshalb schnell zum Couchtisch und mein Glas Wein holen und einen großen Schluck nehmen... Schon besser... Oh, Jens hat sich schon eingeschenkt, dass ist ja gut...

Ich: Prost!

Ich strecke ihm mein Glas entgegen und die Glasbäuche klingen... Wir trinken erneut... Was gibt das denn jetzt? Jens setzt sich auf meine Couch. Ich wollte doch jetzt eigentlich ins Bett... Ok, ich hab ja noch Wein im Glas und ich möchte ja auch kein schlechter Gastgeber sein. Dann setz ich mich halt noch zu ihm...

Jens: Vielen Dank für den tollen Abend und den herzlichen Empfang!

Ich: ???

Ok, ich gebe zu, ich bin jetzt wohl nicht mehr mein eigener Herr, was ich so alles von mir gebe. Vielleicht war es nur ein DANKE, vielleicht habe ich auch wieder irgendetwas vor mich hin gestammelt...

Jens: Sag mal, Andre, bist Du eigentlich alleine oder gibt's da jemandem in Deinem Leben... Ich weiß, ich fall' jetzt mit der Tür wohl ins Haus, aber aufgrund Deiner Erektionen...

Der Schluck Rotwein scheint wie bei Schneewittchen im Hals stecken zu bleiben und meine Augen werden gefühlt überdurchschnittlich groß...

Jens: ...Reaktionen... Reaktionen meine ich... Ich war gerade etwas durcheinander...

Ich: Ich bin single...

Jens: Dürfte ich Dich denn dann mal zu einem Essen einladen?

Ich: Ein Date?

Hab ich das gerade wirklich gesagt? Ich OBER-VOLL-TROTTEL!!!

Jens: Wenn Du es so ausdrücken möchtest? Ich hab nur so gedacht, wenn Du alleine wärst und ich neu hier bin und alleine, dann könnten wir ja mal hin und wieder etwas zusammen unternehmen, dachte ich mir...

Ich: Duschen?

Wenn ich mehr Alkohol trinke, kann ich im Zweifel auf unzurechnungsfähig plädieren...

Jens: Auch Duschen, wenn Du das möchtest... oder wir gehen mal gemeinsam ins Gay-SPA zur Analmassage...

Halleluja! Zum Glück hatte ich jetzt keinen Wein im Mund... Dafür muss ich nun husten, husten, husten...

Jens: Alles gut?

Er sitzt wieder neben mir und legt mir seine Hand auf den Rücken... Ich nicke...

Jens: Ok, das mit der Analmassage, war jetzt natürlich ein „Joke"... ich dachte eigentlich an Lingam...

Ich schaue ihn an und wir beide fangen gleichzeitig an zu lachen...

Ich: Jetzt ist es glaube ich an der Zeit ins Bett zu fallen, nach diesem ereignisreichen Tag...

Jens: Da stimme ich Dir voll und ganz zu.

Ich: Ich mach nur noch schnell die Lichter aus...

So mein Lieber, jetzt heißt es aufstehen... Nur keine falsche Müdigkeit vortäuschen... Und siehe da, Jens schafft es sogar auch noch auf die Beine...

Ich: Das Schlafzimmer ist dort drüben. Zweite Tür.

Jens läuft schon den Flur hinunter, während ich noch schnell die Lichter ausmache... Licht im Bad... Licht im Flur... und dann ab ins Schlafzi...

Ich: Sorry, Jens, aber ich liege dort und Du kannst Dich auf der anderen Seite breit machen...

Jens: Ok... Ich sehe schon, im Bett herrschen strenge Regeln...

Da lacht er halt... Auch gut...

Ich: Ja, ich liege nun mal auf DER Seite MEINES Bettes...

Und schon rutscht er rüber... Ungewohnt für mich, einen anderen Mann in meinem Bett zu sehen, der von A nach B rutscht... Aber ein angenehmer Anblick...

Ich: Na also, geht doch...

Ich muss jetzt einfach schmunzeln... Und setze mich mit dem Rücken zu ihm auf MEINE Seite des Bettes... Ich kippe einfach zur Seite, decke mich zu und...

Ich: Hey, ich hätte gerne auch noch ein Stück Decke...

Jens: Du weißt schon, dass Du ein sehr einnehmendes Wesen hast... Ich will... Das ist meines... Meine Decke...

Ich dreh mich zu ihm herum... da grinst er mich einfach nur an mit einem Lausbubenlächeln... Da fällt mir nichts mehr dazu ein... Ich schüttle einfach mal den Kopf und drehe mich wieder herum... So, Licht aus...

Ich bemerke, wie sich Jens im Bett herumdreht. Plötzlich spüre ich ihn sich hinter mir an mich heranzukuscheln...

Jens: Mach ich nur wegen der kleinen Bettdecke... Damit ich auch etwas davon abbekomme...

Jetzt lacht er schon wieder... Bengel!!!... Ich spüre seinen warmen Oberkörper, wie er sich gegen meinen Rücken schmiegt... Ich spüre seinen Herzschlag... Poch... Poch... Poch... und hoppla, was haben wir denn da??? Der kleine Mann schläft wohl auch noch nicht, denn der steht noch fidel und drückt gegen mein Hinterteil... Mit jeder Atmung spüre ich, wie seine Bauchdecke meinen unteren Rücken berührt... und nochmal... und nochmal... Plötzlich schlängelt sich sein linker Arm über meine Seite und seine Hand legt sich auf meine Brust... Sein Hand ist warm... Ich spüre jeden seiner Finger auf meiner Brust liegen... Sein Herzschlag wird immer ruhiger – während meiner fast zu rasen beginnt... Und dann beginnt auch langsam der kleine Mann müde zu werden, denn er sinkt ebenfalls in Schlafposition... Sein Atem wird langsamer und langsamer und... ein leises sachtes Schnarchen dringt an mein Ohr... hoffentlich träume ich heute Nacht vom Gay-SPA, von Jens, einem Glas Rotwein und wie Jens...

Mitten in der Nacht...

Ich hätte wohl nicht mehr so viel trinken sollen, ehe ich ins Bett gehe... Das kommt nun davon... Also husch ich halt kurz ins Bad... Mal sehen, ob ich das Licht der Nachttischlampe vorsichtig angeknipst bekomme... Vorsichtig aus dem Bett steigen... Und nun husch husch ins Bad...

Aaah, was für eine Wohltat...

Ich: Aaaah!!!... Meine Güte bin ich jetzt erschrocken, ich habe nicht damit gerechnet, dass...

Ach Du meine Güte!!! Jens steht in der Tür. Nackt. Und sein kleiner Mann ist auch wieder putzmunter und ragt geradewegs nach vorne...

Jens: Ich hätte vielleicht nicht mehr so viel trinken sollen...

Mein Gedanke!!! Und so erhebe ich mich von der Kloschüssel...

Ich: So, bitte...

Jens schreitet an mir vorbei, stellt sich breitbeinig vor die Schüssel und beginnt zu strullern... Nicht bei mir! Und so laufe ich zu ihm, stelle mich hinter ihn und greife um ihn herum, packe seinen − fast noch halb steifen Schwanz − und dirigiere seinen Strahl in das Zentrum der Schüssel...

Jens: Was gibt das denn???

Ich: Entweder Du setzt Dich hin oder ich muss das jedes Mal machen, bis Du es gelernt hast...

Jens: Du willst jedes Mal nachts aufstehen und mir meinen Schwanz halten, wenn ich auf´s Klo gehe???

Ich: Wenn es sein muss!?!?!?

Wieder umspielt ein mehrdeutiges Grinsen seine Lippen... Und da spüre ich auf einmal wie sein Schwanz wieder beginnt, steif zu werden...

Jens: So, ich wäre fertig, Du kannst ihn jetzt abschütteln...

Und noch ehe ich etwas entgegnen kann, hat er auch schon meine rechte Hand gepackt, die immer noch seinen Schwanz umschlossen hält und schüttelt ihn ab...

Jens: An diesen Service könnte ich mich eigentlich gewöhnen...

Wieder dieses Lausbubengrinsen auf seinem Gesicht...

Ich: Händewaschen und dann ab mit Dir ins Bett!

Jens: Zu Befehl!

Immerhin wäscht er sich die Hände selbst... mit einer scheuchenden Bewegung versuche ich ihn wieder Richtung Schlafzimmer zu dirigieren...

Ich: So, liegt das große Kind? Kann ich das Licht wieder ausmachen?

Licht aus... Ich warte doch nicht ab... Das ist wie, wenn einer von drei an rückwärts zählt und bei eins losrennt...

Ich: Jetzt kann ich nicht mehr schlafen? Du?

Jens: Nee, ich auch nicht mehr...

Ich: Und jetzt?

Jens: Erzählst Du mir eine Geschichte?

Ich: Ich?

Jens: Bitte, bitte, bitte....

Ich: Kindskopf!!!... Na gut... Also, es war einmal... Ein Mann, der hatte einen anderen Mann in seiner Wohnung... Und der fremde Mann war soooo schmutzig und verschwitzt, dass der Mann zu dem Fremden sagte: „Ab mit Dir unter die Dusche!" Aber der Fremde wollte nicht und so stand der Mann vor den Fremden hin und begann, ihn langsam auszuziehen. Das Hemd. Den Gürtel. Öffnete Hosenknopf und Reißverschluss. Das Unterhemd. Die Hose rutschte derweilen zu Boden. Der Fremde zog sich dann die Schuhe und die Hose aus und stand nur noch mit seiner Unterhose da. Doch dann kam es ganz anders als gedacht, denn der Fremde ließ sich nach hinten fallen und landet auf dem Bett des Mannes. Und dann kletterte der Mann ebenfalls ins Bett und zauberte aus dem Nichts eine Flasche. „Was ist das?", fragte der Fremde? „Das ist ein Zaubermittel!".

Mit diesen Worten öffnete der Mann die Flasche und goss dem Fremden von der Flüssigkeit auf den Körper. Dann verteilte er diese auf dem ganzen Oberkörper des Fremden. Und als der damit fertig war, strich er mit seiner Hand über die Unterhose des Fremden, worauf diese verschwand. Und dann befeuchtete er auch den Schwanz und den prall gefüllten Hodensack des Mannes damit. Der Fremde begann daraufhin wie eine Katze zu schnurren. Und als der Mann auch damit fertig war, dem Fremden den Schwanz vom Schaft bis zur Eichel einzuölen, da schlummerte der Fremde unter den zarten Berührungen des Mannes hinweg. Zufrieden mit seiner Arbeit strich der Mann dem Fremden noch einmal über die Wange und gab ihm dann einen Gute-Nacht-Kuss auf die Stirn, der...

...mittlerweile eingeschlafen war... Und wenn sie nicht gestorben sind... und so weiter und so weiter...

Ok, Jens ist eingeschlafen... Wenigstens einer... Dann kann ich nun jetzt auch die Äuglein zu machen und versuchen ins Traumreich zu gelangen... und träumen vom Gay-SPA, einem Fremden in meinem Bett, einer Dusche und... zzzzzzzzzzz...

ENDE*

*Ok, das wäre jetzt das Ende der Geschichte vom Gay-SPA. Wem dieses Ende zu abrupt kam, der muss nur umblättern... denn dort gibt es noch einen klitzekleinen Ausblick, wie es bei Andre und Jens weitergeht... Wer genug hat, der kann hier einfach das Buch zumachen...

Hier geht's zum klitzekleinen Ausblick...

...und am nächsten Morgen wurde ich mit einer im Bett servierten Latte geweckt...   ;-)

ENDE

Danksagung

Danke an Andreas

...der die Idee vom ersten Augenblick an gut fand und mir die ganze Zeit auch zur Seite stand... Vielen Dank für Deinen Input!

Danke an Martin

...der sich die Geschichte in der Rohfassung durchgelesen hat. Vielen Dank für Dein Feedback!

Danke an Dich

... yeep, genau DICH – meinen Leser (m/w/d)!!!

Über den Autor

...also über mich... nun, da gibt es eigentlich nicht viel zu sagen... ich hatte die Idee zu der Geschichte und wurde ermutigt, mich doch jetzt einfach mal hinzusetzen und das Ding auch aufzuschreiben... Tadaaaa!!! Habe ich gemacht... Hätte am Anfang ehrlich gesagt nicht gedacht, dass es dann doch so viel Text wird... Und wenn dabei noch das Kopfkino läuft, dann schreibt sich so etwas fast wie von selbst... Einfach mal selbst ausprobieren :-)

Was gibt es über mich noch zu sagen? Nun, ich habe eine blühende Fantasie und ein Kopfkino, dass auch mal 24/7 laufen kann...

Was ich noch sagen wollte: Die Geschichte entspringt meiner Fantasie. Eine Übereinstimmung von Personen (lebend / verstorben) sowie Orten und Namen ist daher rein zufällig...

So, das war's dann... Ich pack jetzt meine Tasche und geh ins Gay-SPA, das hab ich mir verdient...